PESCIROSSI

CORRADO CASTIGLIONE
VEDI NAPOLI E POI NIENTE

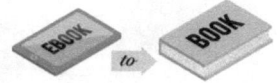

L'ebook è molto di +
Seguici su facebook, twitter, ebook extra

© 2014 goWare, Firenze

ISBN 978-88-6797-284-5

Copertina: Lorenzo Puliti
Sviluppo ebook: Elisa Baglioni

goWare è una startup fiorentina specializzata in digital publishing
Fateci avere i vostri commenti a: info@goware-apps.it

Blogger e giornalisti possono richiedere una copia saggio a Maria Ranieri:
mari@goware-apps.com

A Claudia e a Fernanda
loro sanno perché

Quello di cui abbiamo cura
non è detto che non perisca:
di sicuro va perduta ogni cosa
quando non ce ne prendiamo più cura.

Il pretesto

Al cellulare si presenta José e in un italiano sgangherato prova a spiegare che il comune amico e collega Gegè gli ha consigliato di rivolgersi a me.

Non capisco bene il suo nome, né perché sia sulle mie tracce.

Spagnolo? Chiedo.

José blatera qualcosa per smentirmi e poi afferro solo "Montevideo".

Lui si perde in una nenia di parole che finiscono per "azo", per "igno", per "es". Condite di un nugolo di "i" e di "porché".

Gli bado poco e la prima cosa che penso è che sia giunta l'ora di cambiare finalmente il mio numero di cellulare: ce l'hanno cani e porci!

José intanto insiste. Intuisco che mi chiede informazioni sulla città. Forse per un reportage.

'La solita ricotta dei colleghi che vengono da fuori', mi viene da dire. Si fanno raccontare quattro stupidaggini, le mettono insieme e hanno concluso: il resto è vacanza. Poi magari, se hanno un nome ci scrivono anche un libro e così sia. «Bella maniera di lavorare» esclamo a voce alta senza farne mistero, certo come sono che il mio interlocutore non capisca.

Silenzio.

Che mi sia sbagliato?

Non può essere.

Può avere intuito qualcosa dal tono?

A scanso di equivoci cerco un argomento per sciogliere quel gelo e do sfoggio di tutta la mia conoscenza del suo paese. «Ho cominciato ad amare l'Uruguay quando ho letto dal grande Osvaldo Soriano il racconto del Maracanazo» dico. «Varela e compagni: che grande impresa in quel magico 1950 a Rio de Janeiro! Vincere 2 a 1 al Maracanà contro i carioca e alzare la coppa Rimet al cielo, in faccia a quelli che già si sentivano campioni del mondo».

Silenzio.

«Pronto, pronto» ripeto. E quello glaciale, d'un fiato, mi spara in sequenza tre rilievi che mi lasciano di sasso.

«Soriano non è del mio *paesse*»: bene, posso aver tratto in inganno José dal mio tono compiaciuto, ma so benissimo che Soriano era argentino. Comunque, fin qui passi.

«*Non me gusta la pelota*»: d'accordo, anche se la questione è molto opinabile – ritengo io – perché la pelota può anche non piacere, ma in questo mondo occidentale che da secoli vede la guerra soltanto in tv sono persuaso che l'unica forma epica sopravvissuta sia confinata alle gesta sportive. Dunque, perché non tenerla da conto al pari degli eroi di Omero e di Virgilio quando aiuta a sognare?

«Nel '50 non ero ancora nato»: e qui m'arrabbio, visto che neppure io c'ero. M'avesse preso per Matusalemme l'idiota? Ma tu guarda che si passa a voler essere cortesi!

«Pronto, pronto, non sento. Che si sia scaricata la batteria?». Fingo. E chiudo la comunicazione.

Due minuti e squilla il fisso. È Gegè, incavolato nero. Sta a due passi da José. Ha capito tutto e già mi ricolma di improperi, quando taglia corto: ci sono tremila dollari per te se gli dai una mano. Le televisioni sudamericane pagano bene.

Quanto sono in euro? Boh! Certo, nulla che mi cambi l'esistenza, ma ho già riacceso il cellulare.

«Inutile che chiami José, ha capito che volevi prenderlo per il sedere» dice Gegè. «Piuttosto, preparagli la scaletta. Poi lo avverti quando sei pronto. E non te ne uscire con sangennari, pulcinella e maradona. Internet ce l'hanno anche lì.»

«Quanto tempo ho?»

Non che sia un tipo venale io. La fatica non mi spaventa. Anzi, mi esalta. Ma su certe cose ho le idee ben chiare. Nella *Genesi* c'è scritto più o meno così: "Lavorerai col sudore della tua fronte". Stop. Non c'è scritto: "Lavorerai gratis".

Mi metto subito all'opera. Cerco qualcosa che consenta a José di fare un lavoro onesto. Che gli permetta di non scadere nel folclore (anche perché probabilmente in Sudamerica noi facciamo la figura degli occidentali) e di non scivolare nell'esasperazione di alcuni aspetti di questa città che non è certo il paradiso in terra, ma neppure l'inferno.

Penso a qualcosa che somigli a una donna scarmigliata, dopo l'amore. Bella, sensuale e vera come non lo sarà mai fresca di trucco e appena uscita dal parrucchiere: ma guai a dirglielo!

Rovisto nel materiale che ho conservato in questo tempo, annotando rievocazioni personali, cose che ho visto, storie che ho sentito: vere o taroccate, che importa?

Poca roba, mica le *Leggende* della Serao. Che però possa dare a José il quadro della situazione.

Sì, farò così. Gli disegnerò un itinerario. E lui potrà metterlo a confronto con quanto riuscirà a cogliere di quei luoghi una volta che ci sarà stato.

Al netto di facili sociologismi: io ho i miei pregiudizi, José ha i propri e i suoi spettatori ne hanno altri ancora. E poi quale balordo, nella babele del terzo millennio, crede ancora che possa esistere una rappresentazione fedele alla realtà? E quante volte lo stesso mare cambia colore nel corso della stessa giornata, sulla stessa sponda?

Gli riferirò di posti, di persone, di incontri, di storie vere e inventate. Basta.

Partirò dalle origini, da piazza Carlo III, dove ancora svetta maestoso e fresco di ritinteggiatura l'Albergo dei Poveri (sebbene all'interno e sui tetti ci sia un intero villaggio): l'opera sociale che Ferdinando IV di Borbone affidò alla progettazione del grande Ferdinando Fuga, magnifica incompiuta, rovina abitata, che ancora oggi tra mille idee non ha ancora trovato completamento e decoro. Casa di tanti napoletani di oggi, visto che qui ci finirono a migliaia i loro avi quand'erano scugnizzi – fra detenuti e prostitute – in attesa di rieducazione. 'O serraglio, fu chiamato, perché ospitava carovane di napoletani.

Quattro passi per via Foria: sotto la collina di Capodimonte dirò a José di svoltare a destra verso i Vergini e la Sanità, tirando dritto verso via Fontanelle. Ma non gli parlerò del vecchio cimitero: se vuole lo troverà in centinaia di guide turistiche. Piuttosto gli racconterò di come tanto tempo fa un brav'uomo fu capace d'una grande invenzione e però fu malvisto da tutti e fu irretito dagli intrighi di una donnicciola, tra questuanti, monaci e belle 'mbriane. Per fortuna sua seppe persuadere il saggio imperatore Federico II, che pure lui rischiò di essere gabbato da chi gli voleva rifilare banale tufo facendoglielo passare per la pietra filosofale.

Da piazza Cavour gli suggerirò di guadagnare il centro storico. Destinazione via San Gregorio Armeno, la strada dei pastori, dove riecheggia ancora la favola di Renato, il bambino autistico che sognò i re magi.

Di qui non sarà distante Palazzo San Giacomo, l'antica sede del governo borbonico, attuale dimora del Comune, dove in un tempo indefinito – perduto nelle pieghe d'un passato parallelo che nessuno più ricorda – fu assassinato il sindaco di Napoli. A caccia del movente e dell'omicida si mossero il vicequestore aggiunto Nino Esposito e quello spilungone dall'impermeabile bianco sdrucito di nome Beniamino, proprio come il barbone che scriveva ai giornali e che Maurizio Costanzo rese famoso.

I Quartieri saranno a un passo, basterà risalire su via Roma, che mille volte ha cambiato nome con via Toledo. Sulla destra ecco l'antico reticolo di vicoli squadrati attorno agli edifici tirati su nel Seicento per le truppe spagnole. Qui, vissero le prostitute, i *femminielli* e i *muschilli* resi celebri dalla penna di Curzio Malaparte e dai reportage tv di Joe Marrazzo. Qui, in una trattoria poco distante dalle bancarelle del pesce di Sant'Anna di Palazzo che ora non c'è più, negli anni Settanta, ebbe inizio la storia di Maria: quella che fittava il proprio utero, per allevare i primi bambini in provetta. Sarà poi accaduto per davvero? Boh! In ogni caso, meglio che vendere la droga, no?

Poi giù, una corsa attraverso piazza Municipio in direzione porto, e subito a destra per una lunga passeggiata a pieni polmoni passando per Santa Lucia fino a Mergellina, a largo Sermoneta, dove a guardare bene tra le onde del mare si può ancora vedere nuotare Colapesce: il bambino che non si stancava mai di restare in acqua e che in acqua resta fino alla fine dei tempi, colpito dalla bestemmia della madre.

Non potrò esimere poi José dall'andare a vedere il mare dall'altra parte del promontorio. Gli dirò di scollinare Posillipo e scendere verso la spiaggia di Coroglio, dove nel 1910 l'Ilva – in barba alle prescrizioni del Consiglio comunale che suggeriva l'insediamento nella periferia all'altro capo della città – fece sorgere l'acciaieria che diede lavoro e polveri a migliaia di persone. Dal '90 l'altoforno è spento e da allora la riconversione del territorio – costata prepensionamenti, casse integrazioni, inoccupazione e dispute infinite – è ancora un'utopia. In barba anche ora alle prospettive disegnate dal Consiglio comunale. Qui una calda mattina di primavera passeggiava un cronista, stufo di starsene alla Sala dei Baroni ad ascoltare i consiglieri che s'azzuffavano sui destini bagnolesi. Qui incontrò l'ultimo casco giallo.

Da Bagnoli a Fuorigrotta, il passo sarà breve: seppure sia malridotto e orrido, lo stadio San Paolo vale un'occhiata, sia pure solo di passaggio. Magari subito prima di una partita, quando i piazzali si infittiscono di bancarelle, gagliardetti e bandiere, tra il bianco, l'azzurro, il rosso, il verde e il blu notte. In quella fiera che mette allegria e dove tutto sembra a portata di mano, perfino lo scudetto al quale quaggiù siamo tanto allergici. Lo so che a José non piace la *pelota*. Però credo che ugualmente all'avventore converrà essere lì e bere del Caffè Borghetti. Vedrà: presto tutto sarà silenzio intorno a lui, o meglio tutte le percezioni potranno amplificarsi ripercorrendo sensazioni che appartennero a fiere passate. Perché un buon Caffè Borghetti è meglio di una madeleine, almeno quanto Maradona lo fu di Pelé.

Infine, indicherò a José una gita fuoriporta: ma non a Pompei o nelle isole. Quella se la potrà organizzare per conto suo. No. Piuttosto gli dirò di cercare un aliscafo per Positano, già, ma non per finire nella siepe di bagnanti, pancia al sole. Piuttosto per salire, gambe in spalla, oltre la Statale, nel piccolo e caratteristico borgo di Li Parlati, per riascoltare nel silenzio del cimitero la storia di quei due fratelli che non si stancarono mai di farsi la guerra, anche dopo la morte. Parabola di questa terra? Non lo so e non lo voglio sapere.

Chissà, forse sono storie che davvero accadono e fantastichiamo soltanto a queste latitudini.

Oppure sono storie che possono accadere dovunque e soltanto un compiaciuto e provinciale sciovinismo ci spinge a pensare il contrario.

Resto nel dubbio.

Giudichi lo straniero, giudichi José, giudichino i suoi spettatori.

Accendo una Marlboro rossa, chiamo José e gli dico che sono pronto.

Origini

Albergo dei Poveri

Alla nobildonna Adelaide del Balzo,
principessa Pignatelli di Strongoli

Delle creature che ne sarà?

Già. Una famiglia precipita nella miseria e la prima domanda è: che ne sarà delle creature? Poi qualcuno tende una mano. E quella mano va stretta forte perché ricominci la risalita, come da un vicolo buio a uno spiraglio di luce e di calore...

In questo luglio così afoso e invadente la piccola Fernanda mi tiene la mano, mentre con l'altra spiaccica un gelato alla cioccolata contro il mento. E Totò mi chiede col suo sguardo intrigante e sbarazzino perché mi sia fermato qui, di fronte all'Albergo dei Poveri, in questa piazza brulla e senza ombra...

A volte accade di portarti dentro per tanto tempo qualcosa che ritieni sia un bene prezioso e che prima o poi vada rivelato agli altri, epperò non trovi mai il momento per farlo senza temere di essere intempestivo o, peggio, frainteso. E poi c'è da rievocare gli spiriti di chi non c'è più e non è roba che puoi fare per una stupidaggine.

Fin quando l'opportunità arriva all'improvviso, durante una passeggiata estemporanea, e pensi che al ragazzetto di dieci anni ormai questa storia la puoi raccontare.

Allora senti che quel qualcosa può uscire fuori, perché come scrive Antonio Pascale in *S'è fatta l'ora*: "Non si può volere bene a persone astratte".

Allora senti che se quel qualcosa esce fuori può avere un senso anche per gli altri, magari non subito, forse in una prospettiva più graduale. Come per un messaggio in bottiglia che affidi con fiducia alle correnti, al tempo, alla sagacia di chi saprà aspettare, aprire, leggerne il contenuto, capire. E perdi ogni vergogna. E perdi ogni timore di risvegliare quegli spiriti che dormono il giusto sonno, tanto – ti dici – sarà solo per poco.

Nella grande aiuola non c'è un albero, non c'è un filo d'erba: ma su una panchina si stende l'ombra d'un palazzetto. Faccio accomodare i marmocchi. Tengo impegnata la piccola, con dei kleenex e una bottiglia di minerale. Mentre Toto intuisce che deve pazientare qualche attimo ancora.

Vado. Il Novecento è appena iniziato. Ci sono due bambini: Federico e Marcello. Sono fratelli. Vivono nella realtà colorita del porto, costellata di fondaci, taverne, avventurieri, prostitute e cantastorie: quella che sarà sventrata dal Risanamento. Non devono appartenere a una famiglia di infimo livello: il papà, Francesco, è un operaio, ha un mensile sicuro, fa il fontaniere all'acquedotto, proviene attraverso il padre Giacomo, il nonno Federico e il bisnonno Nicola da una progenie – probabilmente mercanti – che risiede nel quartiere almeno dalla metà del Settecento e che lì è stata proprietaria di immobili a ridosso della Dogana del Sale, alle pendici del Castellione, l'altura che da Santa Maria la Nova giunge a San Giovanni Maggiore, sopra il porto franco che la repubblica marinara di Pisa ebbe in concessione dall'imperatore Federico II, tra Loggia dei Pisani, Rua Catalana, il Piliero, il Molo Grande. Mentre la mamma, Melania Gargano, casalinga, è figlia di un postino di Sarno.

Federico e Marcello giocano felici e spensierati come è giusto che sia alla loro età. Non saprei dire come, ma immagino che nelle tasche dei loro calzoncelli corti ci sia almeno uno strummolo d'ordinanza: Federico ha otto anni, Marcello ne ha cinque. Fino a quando un brutto giorno arriva un cane, sì proprio un cane, e morde papà. Un po' per colpa dell'infezione della ferita (Alexander Fleming aveva da poco superato i vent'anni, ma la penicillina non l'aveva ancora scoperta), un po' a causa delle complicazioni di una cardiopatia congenita (l'ipertrofica sarà individuata e curata solo qualche decennio dopo), papà Francesco a trentasei anni abbandona questo mondo e se ne va sopra una stella, come avranno raccontato ai bambini.

Melania resta sola. Ma non è una donna da starsene con le mani in mano. Si dà da fare. E tra le altre cose presta i propri servigi – fornisce le calze – alla principessa Pignatelli Adelaide del Balzo, donna di lettere all'avanguardia del Mezzogiorno d'Italia tra la fine dell'Ottocento e gli inizi del Novecento.

Però quello che Melania riesce a racimolare a malapena è sufficiente per sé e l'altra bambina, Francesca, che è più piccola di Federico e poco più grande di Marcello. Come si fa ad andare avanti? Che ne sarà delle creature? La soluzione si trova grazie ai buoni uffici della principessa. Per Federico e Marcello si aprono le porte dell'Albergo dei Poveri, lì – avranno suggerito a mamma Melania – forse potranno sopravvivere, troveranno un pasto caldo, potranno imparare un mestiere.

Lo scenario nel complesso non è edificante, è quello che riferisce Jessie White Mario: non solo orfani, lì approdano anche piccoli uomini che hanno già sbagliato e donne sfruttate.

In quell'abisso i due fratellini cercano di farsi forza tra di loro.

Il disagio è forte. Marcello ha un carattere un po' ribelle e a un certo punto scappa, se ne va negli Stati Uniti d'America, da zio Salvatore: sono i tempi del proibizionismo e del contrabbando, racconta ancora qualcuno in famiglia forse ricordando che Giacomo, il nonno di Federico e Marcello, commerciava acquavite. Federico, temperamento più mite, resiste. Come? Non è dato sapere. Tra i pochi superstiti della famiglia nessuno ricorda gli anni bui del Serraglio: d'altro canto, chi conserva memoria del dolore, della sofferenza, della vergogna?

Intanto mamma Melania muore: la stronca la spagnola. Francesca se ne andrà a Roma dove si sposerà, non si sa bene con chi, perché le tracce si fermano qui. Marcello farà ritorno dall'America, troverà lavoro al porto, si sposerà e adotterà una splendida fanciulla, Carmela, senza la quale questa storia non avrebbe potuto tornare a vedere la luce.

Federico va avanti: a vent'anni, dopo avere servito la patria al fronte nella prima guerra mondiale, riuscirà a entrare all'acquedotto prendendo il posto del padre, arrivando all'ambita promozione a fontaniere di prima classe. Sposerà la giovane Assunta, da cui avrà quattro bambini che coccolerà con tenerezza infinita, memore degli anni del Serraglio: negli anni Trenta la pedagogia infantile era patrimonio di menti illuminate e dottoroni, e nelle famiglie non c'era grande considerazione dei piccoli. E per tutti, in special modo per le donne di famiglia, quella speciale tenerezza di papà Federico nei confronti dei suoi bambini aveva una sola spiegazione: gli anni del Serraglio.

Poi anche Federico rende l'anima a Dio anzitempo, a quarantasei anni, sempre per scompenso cardiaco. E la famiglia ripiomba nella miseria.

È il momento del dolore. Poi si rialza la testa e si riparte. La ricetta è sempre quella: consapevolezza, mai darsi per vinti, mantenere la schiena dritta, imparare quello che c'è da imparare. Il primo figlio maschio, Salvatore (porta quel nome in ricordo dello zio d'America), prende le redini della famiglia, perde due fratelli in circostanze tragiche, ma ha al proprio fianco la sorella Concetta – per tutti Titina – che intanto ha sposato un generoso falegname da cui ha avuto quattro splendidi marmocchi da allevare.

Salvatore consegue faticosamente un diploma di ragioneria frequentando i corsi serali, mentre si guadagna da vivere all'ufficio tecnico erariale, dove conquista un impiego e una donna, Anna, in casa aiuta la sorella a tirare su i nipotini e si iscrive alla Federico II, a Economia e commercio: avrà superato poco più di una decina di esami quando anche lui morirà giovanissimo (a trentasette anni) per colpa di un cuore malato, non senza però avere prima messo per iscritto i sintomi della propria cardiopatia, rendendo dunque possibile per le generazioni a venire diagnosi tempestive dell'ipertrofica anche in assenza di sintomi evidenti.

A Salvatore la tenace Anna darà due figli: uno cura gli ammalati, l'altro scrive.

Il medico è mio fratello.

Fine della storia.

Gli spiriti saranno stanchi e ora vorranno tornare a riposare in pace.

Fernanda si è stancata di stare seduta e ora vuole scappare a casa.

Toto mi fissa, interrogativo: è già finita?

L'uomo che inventò
i maccheroni

Via Fontanelle

Nemo propheta a Napule

1.

Molti anni fa a Napoli... Oh, s'intende, son dettagli che riferisco solo per i più curiosi, giacché tante volte per cogliere il senso degli accadimenti non importa il tempo e neppure il luogo. Dicevo: molti anni fa a Napoli accadde un fatto straordinario, oggi si direbbe di portata globale. Un brav'uomo venuto da chissà dove inventò i maccheroni. «Nientemeno!» direte voi. «Jattura!» dico io e presto capirete il perché.

Ci fosse stato allora un ufficio brevetti la cosa si sarebbe trasformata nell'exploit di un marchio diffuso dalle Indie fino alle Colonne d'Ercole, con tanto di bandierine piantate in ciascuno dei continenti conosciuti, e nella quotazione in borsa perenne, come un Mibtel o un Nasdaq. Ma in quel tempo la vita procedeva in modo diverso, non so dire se sia un bene o un male, in ogni caso non importa. Da quell'invenzione il brav'uomo non solo non ne cavò il becco di un quattrino, ma riuscì a guadagnarsi solo le invidie e le gelosie della gente.

Figurarsi, a stento il tempo ha restituito alla memoria il suo nome: messer Chico, riferisce la collega Matilde. Ma il brevetto, quello gli fu tolto per tanto, troppo tempo ed è ora che la città glielo riconsegni con tutti gli onori che merita.

Era l'alba e tutto era ancora immerso nel buio sulla strada che conduceva al sobborgo di cui più avanti vi dirò. Sullo sfondo poco a poco si diffondeva il primo chiarore a illuminare il mare. Il pennacchio del vulcano fumava lentamente. E due 'mbriane, due spiriti delle case, se ne andavano, braccio a braccio, raccontandosi storie antiche.

«Una volta era il vulcano» diceva l'una all'altra.

«Adesso c'è soltanto lava raffreddata e inumidita, dove vivono le muffe.»

«Una volta era il vulcano.»

«Adesso c'è soltanto lava raffreddata e mattoni di tufo inumiditi.»

«Perché il mare è troppo vicino al vulcano, perché l'acqua è troppo vicina al fuoco.»

«Tutte le città che non hanno più storie sono condannate a morire di freddo.»

Il sobborgo sorgeva poco al di fuori delle mura cittadine, in una piana dalle modeste dimensioni che partiva dalla vecchia acropoli e si estendeva fin sotto Capodimonte. In quella terra di nessuno dove si scavava soltanto: per seppellire i morti e per erodere alla montagna blocchi di tufo per costruire la città, ci viveva povera gente (come oggi) accanto a qualche sparuto manipolo di monaci dediti all'eremitaggio.

Ecco, qui ci stava pure lui. Pulcìna era un omuncolo grasso e tarchiato, spalle ingobbite a dispetto della giovane età, il naso adunco, e indossava una veste bianca che s'increspava di sovente all'altezza del pube ogni qualvolta all'orizzonte si profilava l'incedere d'una fanciulla, leggiadra o meno che fosse.

Pulcìna amava accompagnarsi a una tartarughina, con la quale spesso parlava.

Pulcìna se ne stava assopito vicino a un masso, a un angolo di strada. Emetteva strani suoni mentre dormiva. Doveva avere bevuto come al suo solito, visto che riverso ai suoi piedi c'era un boccale.

Le 'mbriane gli passarono accanto, divertite dallo spettacolo naturale e però attente a non destarlo. Tant'è che lo superarono in silenzio, prima di riprendere a parlare tra di loro fitto fitto.

«Spirito amico, eppure quanto è goffo!»

«La parlantina è gentile.»

«Non sempre.»

«Ma il suo nome è dolce.»

«Pulcìna.»

«Venne fuori dalle viscere della Montagna.»

«Lo so bene: noi ne fummo le nutrici!»

«Ti ricordi?»

«Eh! Come posso scordarmene?»

«Lavorammo all'impasto cominciando di buon mattino. E ci mettemmo tutte le bestemmie scellerate dei giocatori che avevano perduto...»

«Ci mettemmo la rabbia e il veleno che teneva in corpo una donna brutta e non curata dal mondo.»

«Ci mettemmo pure il grasso di una capra maomettana, l'occhio destro che un giocatore una sera aveva perduto duellando con un amico a *zecchinetto*.»

Sembravano ancora due vecchie comari le 'mbriane, quando nella strada rintronò il loro grido all'unisono:

«Alla castra, alla cha, chiculi coi!»

«Che incantesimo, abbiam fatto noi!»

Poi ripresero a parlare fitto fitto, a bassa voce.

«Pulcìna oggi è il servo fedele di messer Chico.»

«Servo fedele?»

«Beh, fedele come sa esserlo lui.»

«Di messer Chico?»

«Quello che tutti chiamano il mago.»

Due ore dopo, il sole era già alto.

La strada cominciava a popolarsi di gente, di voci e di colori. Mentre Pulcìna dormiva ancora. Quando sullo sfondo – pressappoco dove ora cammina via Foria, accanto al Museo archeologico – si intravide sfilare il corteo imperiale. Immediatamente, accanto ai soldati, era possibile scorgere alcuni portantini carichi di libri, una schiera di eunuchi e un'altra di donne.

Qualcuno annunciò il passaggio dell'Imperatore. E la voce del Segretario di Federigo, Pier delle Vigne, si rivolse a tutti.

«Largo gente, beata gente. Nell'anno del Signore 1220, anno della vostra salvazione, il grande e buon re, Federigo, si compiace di rendere visita alla città del vulcano.»

Tutto d'intorno si levò un coro estasiato. Soltanto alcuni popolani e un monaco rimasero, naturalmente bene occultati nella folla, a fare da contrappunto al Segretario.

Piero esclamò: «Lui, che dalle terre del Nord è sceso per voi».

Un Popolano commentò: «E non ne avevamo bisogno».

Piero riprese: «Stupor mundi et immutator mirabilis».

Un Monaco osservò: «È un eretico, lo Papa l'ha scomunicato».

Piero incalzò: «Badate che qui sarà soltanto di passaggio: è diretto verso la capitale, Palermo».

Un Altro rispose: «Tutti siamo solo di passaggio».

Piero non poteva avvedersi dei rilievi che si diffondevano tra la gente e continuava: «Re saggio e sapiente».

Una Popolana incalzò: «È l'Anticristo».

Ma Piero proseguì: «Governante capace».

Un altro Popolano disse: «Sanguinario, merito di sua madre».

E Piero avanzò: «Conoscitore di tutto lo scibile».

E il Monaco chiosò: «Merito di quello Santo Papa e dei libri che gli fece leggere da giovinetto».

Piero concluse: «A lui virtù, saggezza e lunga vita».

«Soltanto una cosa gli manca» si rammaricò il Monaco smorzando la voce, perché nessuno sentisse. «Avrà mai la buona sorte di trovare la pietra filosofale che cerca?»

Fu solo allora che la gente potette vedere la sagoma dell'Imperatore, mentre Pulcìna – svegliato in malo modo dalle guardie – fu costretto ad alzarsi.

Una Popolana disse: «Svegliati, Pulcìna, muoviti, che sta passando il re».

La folla intanto si accalcava al passaggio di Federigo. E Pulcìna in un batter d'occhio si ritrovò sballottolato lontano dalla folla.

«Dov'è?» chiese Pulcìna, beffardo. «Dov'è il mio tesoro? Sì, è proprio il mio tesoro. La mia gioia. Quel grazioso buco attraverso il quale il mio vigore si risveglia. Sì, sono pazzo, pazzo, pazzo del buco... della mia bottiglia.»

Adesso la folla provava quasi a toccare l'Imperatore. E i commenti intervallavano le acclamazioni festose.

Un Popolano esclamò: «Evviva il re!».

Un Altro puntualizzò: «Evviva Federigo!».

Un Altro ancora si galvanizzò: «Abbasso lo Papa di Roma!».

E una Popolana azzardò: «Che questa città sia la capitale del tuo regno!».

Le guardie fecero cenno alla gente di non proseguire. La folla ammutolì. E il corteo si dileguò, mentre alcuni dignitari indigeni annuirono e uno di loro aggiunse: «Così questa città la rifacciamo nuova nuova, costruiamo qua, costruiamo là, la riempiremo di ogni pietra che le sappiamo cavare dal ventre. Sì, Federigo. Sarai tu la nostra salvazione. Il tufo, altro che pietra filosofale. Grande e buon re». E tutti gli altri dignitari esplosero in una grassa risata.

Tra le mura sgarrupate dei vicoli e i ciottoli della strada dissestata rimpallarono i commenti delle popolane. E Pulcìna s'illuse che ce l'avessero con lui.

La Prima Popolana disse: «Si vede che è grande. Si vede che è buono».

Pulcìna andò in sollucchero: «Già».

La Seconda Popolana replicò: «E che bel giovine».

Pulcìna gongolò: «Già».

La Terza Popolana si pavoneggiò del proprio sapere: «Lo sapete voi? Ha ventisei anni».

E la prima sospirò: «Come sarebbe bello essere lì, insieme a lui».

Alla fine Pulcìna non seppe resistere e uscì allo scoperto, ritenendo sempre che parlassero di lui. Gonfiò il petto e disse: «Ma chiedete e vi sarà dato!».

Le donne non furono affatto turbate dall'evidente doppio senso.

La Terza Popolana incalzò: «Sì, poi bussiamo e ci sarà aperto... Per piacere, Pulcìna, non farci ridere. Prendi la tua tartarughina e lasciaci in pace, vattene dallo padrone tuo: può darsi che messer Chico la faccia su di te una bella magia e così tu diventi gagliardo e vigoroso come il nostro nuovo re».

Deluso, ma avvezzo a essere trattato in malo modo da quelle arpie che popolavano l'universo femminile, Pulcìna provò a scrollarsi di dosso le risate e gli scherni: «Tenetevelo caro caro, il vostro ragazzone. Ma quello sapete come parla? *Mit, und, ein, zwein...*».

La Terza Popolana non si fece passare la mosca dal naso: «E *nein*! Statti zitto, Pulcìna, ch'è meglio. Prendi la tua tartarughina e vattene dallo padrone tuo».

Fu allora che l'ometto ricordò di avere avuto dal padrone delle incombenze da portare a termine per il primo mattino. E s'avviò sui suoi passi, discorrendo con la tartarughina: «Povero messere e povero me. Me ne sono completamente scordato. E tu? Tu potevi ricordarmelo, tu! M'aveva detto ieri sera, quando ci siamo lasciati perché me ne dovevo tornare a casa mia: "Domani mattina svegliati presto, vai al mercato e fammi un bel rifornimento delle cose che sai tu". Fatto sta che poi alla casa io non ci sono tornato. Cioè, ci sono andato, ma poi me ne sono subito sceso: quella moglie mia... Cioè, moglie: compagna, oggi si dice così, eh, mica me la sono portata all'altare... Quella là... che non si sopporta! C'eravamo messi pure a letto, io e Jovannella. Poi è tornata un'altra volta a farmi le solite domande: e quel padrone tuo che fa? E lo sai la gente che dice? Uffa! A un certo punto ho preso e me ne sono sceso. E adesso che faccio?».

Poi, come al viandante accade di sovente anche nei più popolosi quartieri della città bassa, d'improvviso la strada si fece deserta. E riapparvero le 'mbriane. L'una avvertiva l'altra, che evidentemente s'era trasferita lì da poco: «In quel vico, se fate attenzione, c'è un palazzetto. Dirupato più degli altri. Eccolo. E che bel condominio! Ve lo raccomandiamo, se voi, comare mia, avete l'ardire di frequentarlo: ma guardatevi bene. Il portone d'ingresso basso e oscuro. La scala sporca, ripida e piena di mattoni sconnessi. E le finestre, chi le ha viste mai aperte? La gente qui davanti ci passa frettolosa e lancia uno sguardo, tra collera e paura, borbottando tra i denti preghiere e maledizioni».

La 'mbriana forestiera ascoltava. E l'altra non si stancava di raccontare: «Al primo piano c'è un maledetto giudeo, ebreo, cane! Degno discendente di quella razza che crocifisse nostro Signore Gesù Cristo... Un giudeo ladro che presta denaro a usura e tosa le monete d'oro. Al secondo piano c'è una bella giovane dallo sguardo di quelli che agli uomini promettono il paradiso e angeliche visioni. È una di quelle giovani che sono la tentazione e la dannazione dell'uomo. Al terzo un marito e una moglie. Certe volte si sentono da quella casa certi strilli. Sembra che se le diano di santa ragione. Brutti ceffi che il giorno sono fuori di casa a fare qualche ignoto ed equivoco mestiere e a notte piena, quando rincasano, si battono come la lana. All'ultimo piano c'è la casa indiavolata. Ci abita Chico, lo chiamano Chico il mago. Le anime timorate di Dio si fanno il segno della croce che è anche quello della nostra salvazione e passano oltre: gli spiriti mondani usano fare le corna con la mano, si tastano il ginocchio, pronunciano qualche scongiuro e simile cose operano che volgarmente si credono adatte a disperdere il malaugurio».

Alto, magro, di mezza età a dispetto della barba del tutto bianca che lo invecchiava un pochino, Chico indossava una veste larga tutta chiara.

Veniva da un Paese lontano. Qualcuno diceva dall'Egitto, altri dalla Siria, altri ancora dalla terra dei cedri. Di sicuro la parlata era marchiata da un evidente accento arabo. E i modi gentili tradivano nobiltà d'animo e di origini.

Già, perché messer Chico era stato a suo tempo un giovanotto gagliardo e ricco. Le labbra carnose, la voce suadente: Chico aveva goduto di ogni dono che il Signore può mandare in terra a una persona sola.

Amante era stato amato.

Aveva avuto palazzi, cavalli di razza, pietre preziose, splendidi vestiti intessuti d'oro.

Aveva goduto alla grande in feste, balli, tornei e giostre.

Aveva assaporato con vivo piacere baci di donne e vini poderosi.

Aveva incrociato colpi di spada contro impavidi cavalieri.

Ma soprattutto amava l'arte del canto. E ogni momento per lui era buono per intonare una melodia.

Ebbene, quant'è vero che nulla dura per sempre sotto il cielo: quando la sua ricchezza aveva cominciato a dileguarsi, come di sovente accade, si erano allontanati anche donne e amici, ma Chico – che aveva letto e ascoltato molte storie dagli scrittori antichi e dunque aveva fatto una buona e larga provvista di filosofia – non se n'era disperato. Anzi, s'era prefisso che da allora in avanti l'obiettivo suo sarebbe stato cercare per gli altri la ricetta della felicità. Poi s'era messo in viaggio. E il destino l'aveva portato in quella casa che tutti chiamavano indiavolata, ma in verità Chico fu un buon diavolo.

Quella mattina era piuttosto contrariato perché il servitore ancora non s'era fatto vivo. Così Chico si rivolse a un artigiano: «Abbiate pazienza, messere, avete visto Pulcìna? Quel buon uomo un po' basso...».

«Sappiamo chi è, messere. Ma non l'abbiamo proprio veduto» rispose quello impaurito.

«Ma dov'è andato? In quale taverna s'è andato a infilare? Maledetto Pulcìna.»

Cosa non fa la maledizione d'un mago! Tutti sentirono e tutti tremarono. Solo Nisida, la figlia di Jovannella, che in quel momento passava, rimase indifferente. I due si guardarono. Lei distolse gli occhi. Chico sorrise e prese a parlare, estasiato da tanta pudica bellezza: «Lei abbassa gli occhi. Quasi come se stia passando il suo amante... E vuole nascondergli il volto e il petto. E disfa il nodo della cintura. E con le sue delicate dita dei piedi traccia delle linee nella polvere della terra. Segni severi del pudore suo. Ma non giovano... Perché Eros non conosce indugio, né vergogna. Ma perché fa così? Sono forse io l'amante?».

Chico infilò l'uscio del suo palazzo, mentre Nisida si dileguò.

«Chi sia nessuno lo sa» ripresero a parlarsi le 'mbriane.

«E neppure da dove viene.»

«Sempre chiuso in casa sta.»

«Sembra privo d'amici e parenti.»

«L'avete visto quando cammina? Torvo nell'incedere, lento il passo, l'occhio fisso a terra.»

Popolane, bottegai e ambulanti s'interrogavano sull'identità di quell'uomo che soltanto da poco era ospite del loro vico.

«A volte mormora parole greche, latine, o di qualche lingua demoniaca.»

«Invero parla poco.»

«Sì, sì, in genere ha le labbra ben serrate sotto la fluente barba bianca.»

«Netti i vestimenti.»

«Si fa servire da quel Pulcìna: lestofante, faccendiere, perdigiorno che ancora non l'ho capito perché Jovannella se l'è preso per marito...»

«Quel Pulcìna, già: dovremmo interrogarlo. Ma dovremo fare uso di tutti, proprio tutti i mezzi che sempre sa consigliare alla donna la nostra gran maestra e signora, madama curiosità.»

«Perché finora a nulla è servita ogni nostra domanda.»

«Quel Pulcìna non ha voluto parlare.»

«E neppure alla moglie ha voluto dire nulla.»

«Quel Pulcìna: il demonio se lo porti.»

«Macché! Pure Jovannella l'ha detto: Lucifero gli è padre, Pulcìna è figlio al demonio.»

Figlio d'un demonio, davvero: Pulcìna sentiva tutto e rimaneva nascosto. E fece finta di niente anche quando si fece più dappresso alle pie donnette, lasciando intendere loro che non aveva sentito niente. Eppure si curò bene dall'alzare la voce quando prese a parlare alla tartarughina, esclamando parole che le popolane, pur fissandolo severe, non riuscirono a comprendere.

«Sì, proprio così. Lucifero e le sue sette corna: e la coda lunga ventidue miglia e mezza, e una barba ancora più lunga. È inutile che vi date da fare: tanto non vi dirò il resto di niente.»

Stette un poco, Pulcìna accarezzò la tartarughina e riprese: «Messere Chico è un brav'uomo... mago, eh sì, cugino del diavolo! Macché, quello è proprio un brav'uomo. E se ne devono cadere tutti i denti, se la mia bocca dirà una sola parola di quello che ho visto a casa del messere di cui sono servitore. E voglio essergli fante, famiglio e ogni cosa, senza ricevere in cambio nulla. Ma poi: che ho visto? Che ci stava da vedere? Queste femmine! Oh, adesso basta, finiamola di perdere tempo».

E Pulcìna s'avviò al mercato.

Torsoli e urla, scorze e sputazze, imbroglioni e imbecilli: il mercato era lì a due passi, ma prima di arrivare dove avrebbe voluto Pulcìna doveva districarsi tra bancarelle, contrattazioni, mattoni di pietra lavica impiastricciati dell'umido della mattina e dello *sfravecato* di frutta e di ortaggi sui quali era facile scivolare.

Lì Jovannella se ne stava a parlare con la figliola sua, Nisida, vicino a delle ceste. La giovine aveva venduto quel poco che aveva da offrire e sembrava contrariata.

«Tu potresti» fece la madre, «con una scusa che possiamo trovare facilmente, tu potresti, mia cara Nisida, aiutarmi?»

«Non se ne parla neppure.»

«Tu sei giovane, sei bella: a te non mancheranno i mezzi per sapere...»

«Mammà, ho detto no.»

«Ué! Mo' la devi finire. Così diamo un calcio alla fortuna. Ti rendi conto che se scopriamo il segreto del mago noi diventiamo ricchi e tu non devi più alzarti la mattina per venire al mercato?»

«Mammà, io queste carognate non le faccio. Lui è così costumato, sembra un valente uomo di corte, parla bene. E poi: è così liberale, grazioso, gentile. E poi non ci sta nessun segreto, lo dice pure papà.»

«Ma quali carognate! E comunque a quell'altro là non chiamarlo papà, perché Pulcìna non è tuo padre. È uno che tua madre non sa neppure lei come se l'è messo in casa.»

«Lo dice pure Pulcìna.»

«Che dice Pulcìna?»

«Che non ci sta nessun segreto.»

«Eh, Pulcìna, più fesso che farabutto, quello che ne sa?»

«Invece lo sai tu.»

«Invece lo so io, sì. E adesso te la dico una cosa.»

«Non la voglio sentire.»

«No, te la dico. Tu lo sai che il nostro balconcino dà proprio sulle stanze dove abita il mago.»

«Uffà!»

«Senti qua. La sera, quando Pulcìna dorme, io mi alzo dal letto e vado a guardare.»

A quel punto Nisida bisbigliò qualcosa.

Jovannella si corrucciò: «Che hai detto?».

«Niente.»

«Tu hai detto: anch'io.»

«Ma quando mai.»

«Tu hai detto: anch'io. Pure tu l'hai spiato.»

«Ma quando mai, mammà.»

«Tu hai detto: anch'io. Ho sentito bene: so' vecchia io, no scema.»

«Va be', l'ho detto. Perché lui è così...»

«Così?»

«Niente.»

«Così come?»

«Niente, mammà.»

«Affascinante» con tono canzonatorio.

E la giovine ammise: «A me mi piace».

«Senti bene, figliola mia. Stanotte ho visto Chico che veniva fuori sul suo terrazzino, scuotendo dalle mani e dall'abito una polvere bianca che certo doveva avvelenare l'aria. Poi, ho visto che si andava a lavare le mani in un tinello pieno d'acqua.»

«E che doveva fare? Se le doveva lavare nel vino?»

«Taci, stupida. Le mani erano macchiate di rosso e così si spiegherebbe perché Pulcìna il secondo giorno che andò a servizio vide sul pavimento larghe macchie di un rosso bruno, simili a pozze di sangue... Ma poi ho visto un'altra cosa: quello sciagurato di Chico stanotte era tutto occupato a tagliare coi suoi coltelli sottili, sopra una grande tavola di marmo bianco, non so che di bianco e di delicato.»

«Embè?»

«Come *embè?*, arcistupida. Sicuramente erano membra di bambini, o gambe di rana, o pelli di serpentelli. Nisida, quello è un mago! È uno stregone che sta cercando il modo di ridiventare giovane, il vecchione...»

«E mica è vecchio!»

«Il vecchione. Vuole trovare l'oro, forse. O quella pietra per cui s'ha virtù, saggezza e lunga vita. Ma non hai visto il suo sguardo?»

«È profondo.»

«Diciamo piuttosto ammaliatore.»

«Sono occhi che catturano.»

«Sono occhi del diavolo.»

Mentre madre e figlia si scambiavano parole e sguardi ecco spuntare Pulcìna. Se ne avvide Jovannella e subito si dileguò, senza degnare il marito d'un solo gesto. Poi però rimase nelle vicinanze, senza essere vista, per poter origliare.

Nisida, innocentemente languida, si fece incontro all'uomo: «Papà!». E l'abbracciò.

Pulcìna non sapeva resistere al fascino delle sue forme e lo diede a vedere.

«Piccola mia, ho capito: ha ricominciato.»

Nisida ne prese le distanze, infastidita da quelle mani che nel breve volgere di tempo l'avevano già tastata dappertutto.

«Ma papà...»

«E non chiamarmi così.»

«Io non ti chiamo papà, soltanto se tu la smetti di toccarmi con quel coso». E con un solo sguardo indicò l'increspatura che ancora una svolta svettava indomita sotto il pube di Pulcìna.

«Ma è la tartarughina.»

«Chiamala come vuoi, ma toglimi le mani di dosso.»

«D'accordo, quella megera di tua madre t'ha raccontato un'altra delle sue visioni notturne.»

«Dice che durante la notte non si spegne mai la lampada della stanzuccia dove il tuo padrone...»

«Messer Chico? Ma sì, lui studia su grossi libroni che toglie da una scansia polverosa. La polvere ci sta per colpa mia, per questo lo so.»

«E non finisce mai di uscire, dalla cappa nera del suo focolare, un filo di fumo.»

«La sua stanza è piena di storte, di alambicchi, di fornelli, di speciali coltelli in tutte le forme e di altri strumenti in ferro destinati a chissà cosa. E passa ore intere curvato sopra delle pentole che ribollono. Ma ora basta ragazzina. E dammi pomidoro, basilico, prezzemolo, cipolle e aglio: che li devo portare al padrone. Se no quello veramente prende uno di quei lunghi coltelli. Fa a pezzetti papà tuo e lo lascia bollire in una pentola.»

Nisida si diede da fare e prese a cantare la ballata del marinaio, rinfrancata dalle parole che aveva udito: in fondo anche Pulcìna, come lei, sembrava escludere che il messere fosse un uomo perfido e malvagio, nonostante alambicchi e coltellacci.

Più lontano Jovannella che aveva ascoltato le parole di Pulcìna, invece, traeva nuovi argomenti per le sue triste supposizioni: «È sicuramente uno stregone. Lo dice anche Pulcìna che ha visto tutte quelle cose lassù... Ne parlerò con frate Gioacchino».

Intanto Nisida continuava a cantare. Poi disse tra sé: «Altro che mescolare erbe infernali che portano prima la follia e poi la morte. Gli stregoni vanno sui prati, nella notte del sabato e raccolgono le erbacce malefiche... Non fanno la spesa al mercato». Scoppiò in una risata e riprese a cantare.

«Pomidoro, cipolle... Com'è?»

«Ha chiesto soltanto questo: pomidoro, basilico, prezzemolo, cipolle e aglio.»

«Ma avrei potuto dargli dell'altro.»

«Per esempio?»

«Non sai se gli va la ciliegia?»

Pulcìna le sfiorò le labbra e disse: «Ciliegia di Sant'Anastasia, tutti i baci che voglio io».

Nisida sorrise e si divincolò, lesta: «Non sai se gli vanno le pere?».

Pulcìna le fissò i seni: «Due buoni peri cristiani, quelli che voglio io».

Nisida rise ancora: «Non sai se gli va l'uva?».

L'uomo le toccò i capelli: «Grappoli di cornicella, quelli che voglio io».

La ragazza lo lasciò fare prima di riavviarseli con un solo gesto del collo: «Non sai se gli va la lattuga?».

Pulcìna la guardò dritto negli occhi e poi fino al ventre: «Lattuga inconocchiata, quella che voglio io».

«E poi pesche, cetrioli...»

«E il santo Cresci-in-mano che Iddio ci dié... Vedrai che, se è figlio delle tenebre come lo sono io, saprà soddisfare le tue voglie.»

«Che hai detto, screanzato?»

«No, niente, niente.»

«E potrei dargli della zucca zuccherina... C'è la cannella nelle mie albicocche. Poi l'ananas...». E d'un tratto Nisida prese ad abbracciare Pulcìna come intendesse invitarlo a una casta danza.

Quello non se lo fece ripetere ed estasiato esclamò: «Con la mamma faccio l'amore e con la figlia mi spasso».

«... e fragole fresche e gelse.»

Poi la danza ebbe fine e la giovine disse: «Sai, mi piacerebbe davvero conoscerlo, poterlo amare il tuo messere. Essere la sua dama... io, Nisida, ortolana e fruttaiola».

Non passò molto tempo e Nisida fece a Pulcìna: «Mi è venuta un'idea».

L'uomo si rivolse alla tartarughina: «Ci siamo, è venuto il nostro momento».

«I pomidori e tutte queste cose belle gliele posso portare io?»

Pulcìna si rattristò ed ebbe come un moto di gelosia: «Non se ne parla neppure: ti piacerebbe vero?».

«Smettila!»

«Vuoi scoprire il segreto.»

«Ma no. A me di quelle cose non me ne importa proprio niente. Voglio soltanto parlargli. Voglio mettere da parte ogni vergogna e voglio presentarmi al suo cospetto, perché lo so, io lo so che lui è diverso, non è quello che dice la gente. E io odio quelle cattiverie che gli dicono appresso.»

Pulcìna fece dietrofront: «Ma sì, è meglio così. Vai». E disse alla tartarughina: «D'altra parte adesso messer Chico sarà infuriato con me».

«Allora?»

«Allora va bene, vacci. Ma fammi un piacere. Digli che son dovuto partire all'improvviso. Che torno presto. Inventa una scusa. L'ho fatta grossa. Meglio che me ne stia un po' alla larga.»

* * *

Beffarde le due 'mbriane seguirono l'incontro fatale tra la giovine Nisida e lo sconosciuto messere. Lei con la spesa per lui, dalla strada, diede una voce soave e netta verso il suo terrazzino. Chico s'affacciò e le andò incontro. Le chiese di Pulcìna, poi la ringraziò per gli ortaggi, poi l'ascoltò dire qualcosa e la guardava e le sorrideva, si capisce, colpito dalla semplicità e dalla gentilezza di lei.

Le 'mbriane tacquero e tennero gli occhi ben aperti per non lasciarsi sfuggire proprio nulla. A loro sembrò tutto così breve. E di questo aspetto gli spiriti delle case ebbero modo di discutere in un secondo tempo, approvando concordi entrambe che l'incontro non desse adito a dicerie spiacevoli per la reputazione della fanciulla. Lei in casa del mago. Da sola. Mentre Pulcìna che manco è suo padre comunque non c'era. Un minuto di più e sarebbe stata davvero la vergogna.

Per Nisida e Chico invece quel momento fu come un'immersione nell'eternità.

Le movenze, gli sguardi, le interrogazioni, le risposte, i silenzi, i sorrisi: fu una sequenza di piccoli eventi così semplici eppure così armonici.

Tante altre volte i due s'erano visti al mercato, ma stavolta era diverso. A pochi metri l'uno dal respiro dell'altra.

A Chico la giovane apparve bellissima, come se da vicino avesse percepito qualcosa di inedito.

S'avvide che le guance di Nisida erano di velluto, gli sembrarono come la scorza d'una pesca. Di quelle bianche. Dalla buccia così tenera, che non fai fatica a pregustarne la dolcezza del frutto. Le labbra poi: quando lei parlava o sorrideva a Chico, davano l'impressione che si dischiudessero come un mollusco che mette appetito. I capelli erano colorati di un ebano così intenso che difficilmente la tempera d'un pittore avrebbe saputo rendere allo stesso modo. Ed erano lisci come l'erba. Gli occhi sembravano due finestre che a ogni battito di palpebra s'aprivano sul mondo come se quella fosse la prima volta, con la stessa meraviglia, con la stessa intensità. Senza parlare poi dei seni e dei fianchi, che insieme alla sua immediata simpatia ne fecero la più bella di tutte.

Cosa avvenne, quali parole si dissero Chico non ricordò mai. Anche perché poi in fondo nulla di straordinario era accaduto. E a lui rimase la memoria solo dei saluti.

«Madamigella, piacere di avere fatto la sua conoscenza.»
«Mai nessuno mi aveva chiamata così.»
«Come avete detto?»
«Oh, nulla, nulla, messere.»

Altre volte accadde che i due s'incontrassero. Di tanto in tanto Chico coglieva il pretesto per passare da lei al mercato. La qual cosa si ripeteva molto più quando non c'era Jovannella, cui non sentiva d'essere simpatico. Si parlava di cose banali: il tempo che cambia, i vezzi dei passanti, le grida dei bambini, i pettegolezzi della gente, i colori della frutta, l'odore del mare, le gioie della vita, i rovesci della fortuna... E di tanto in tanto, quando c'era meno gente, Chico, cui piaceva cantare, si lanciava in qualche aria che si curava di smorzare quando s'avvicinava qualcuno.

Da vicino e con il tempo lo straniero si accorse che gli occhi della ragazza avevano qualcosa di singolare e di molto diverso da quella volta che s'erano incontrati a casa sua. Piuttosto, erano languidi e tristi d'un castano che all'improvviso si trasformava in verde scuro e poi chiaro quando – raramente – la giovane sembrava davvero felice. Così Chico fu attraversato dal sospetto che in fondo Nisida non amasse le sue arie o che, in ogni caso, queste le fossero del tutto indifferenti. Epperò questo dubbio non lo scoraggiò e cominciò a ritenere che, come in quella vecchia canzone, lo zucchero che era nel fondo della tazza di caffè sarebbe risalito al palato solo se si fosse esercitata la pazienza giusta. Alla stessa maniera lui avrebbe assaggiato la bellezza che c'era nel fondo di Nisida. Quanti colori scorgeva, che magari la giovane neppure immaginava. Fino a quando disse: «Li voglio per me e ci voglio colorare il creato».

Insomma, che insani sentimenti quell'uomo! Era sbarcato a Napoli per far felice la gente, ora decideva di voler fare la felicità d'una donna molto più giovane di lui. Ma quel Chico era davvero un diavolo.

* * *

Ora dal terrazzino si poteva vedere messer Chico finalmente all'opera. Le mani si muovevano, esperte, tra scodelle e pentole. Ora lo straniero versava dell'olio, ora sbucciava un ortaggio, ora si chinava di lato ad osservare la fiamma, ora sollevava un coperchio e cento sbuffi di liquido rosso come sangue schizzavano da ogni parte, ora rianimava un impasto con farina e acqua.

Pulcìna ricomparve mentre messer Chico correva trafelato a smorzare il fuoco. L'impatto fu inevitabile. Lo straniero ne rimase infastidito, ma non aveva proprio il tempo di manifestare il proprio disagio e lasciò perdere. Il servo tra mille inchini e salamelecchi se ne scusò. Lo straniero lo rassicurò: aveva troppo da fare e gli chiese solo di sgomberare il campo tra i tavoli e la fornacella. Pulcìna l'obbedì come una marionetta, scansandosi di lato.

Messer Chico andò avanti ancora per un po', preso dalle sue cose. Poi d'un tratto si avvide che tutto andava secondo i propri intendimenti. A quel punto si calmò. La frenesia cedette campo a gesti più posati. Quindi il tratto corrugato del volto si trasformò in un sorriso compiaciuto. Lo straniero si rivolse a Pulcìna, quasi a dirgli: «Ecco, ci siamo. Siamo a un passo dalla grande scoperta». E lo invitò ad avvicinarsi a lui, perché anche il pover'uomo fosse presente al grande momento.

«T'ho mai parlato di funghi unicellulari eucarioti?»

«No, messere. Mai. Lo giuro."

Lo straniero sorrise: «È così che dalla farina e dall'acqua nasce il pane. È così che dal latte e dal tepore si fa lo yogurt. È così che le cose mutano e la realtà si trasforma. Mi capisci?».

Il servitore non voleva deludere il proprio padrone e fece cenno di sì col capo: «Voglio che tu lo sappia: in natura nulla si crea e nulla si distrugge. Piuttosto tutto cambia forma e si trasforma. Mi capisci?».

Il servitore comprese che un cenno non bastava e azzardò una timida frase cui si sforzò di dare un modo aulico e raffinato: «Né di maggio, né di giugno, vanno a maturazione le percoche, ma con il tempo e con la paglia si maturarono certe nespole». Non significava un bel nulla in quel frangente, ma Pulcìna avvertiva che doveva dirla questa cosa.

Messer Chico lo fissò, interrogandolo con gli occhi. Pulcìna si sentì preso alla sprovvista e provò a spiegarsi a parole sue epperò gli argomenti non gli venivano in soccorso, fino a quando non decise che quel silenzio andava rotto assolutamente a qualunque costo: «Anche io a volte, quando vedo una bella ragazza, mi trasformo. E dentro di me c'è tutto un fuoco che sale, sale, sale...».

Pulcìna si interruppe e nella convinzione di dare più peso al proprio pensiero sbottò dopo aver afferrato con la destra le vergogne da sopra la veste: «Siamo tra uomini, messere, e voi potete capire quanto si trasforma e come sale, sale, sale...».

Messer Chico lo guardò stranito. Balbettò: «Non credo che tu mi abbia capito». Poi osservò meglio lo sguardo inebetito di Pulcìna e gli disse: «Non ti preoccupare. Un giorno te ne parlerò e ti spiegherò ogni cosa...». E sorrise ancora: «Lo so, tu dentro di te stai pensando: ma guarda questo che discorsi che fa?».

Pulcìna replicò: «No, messere. Ma quando mai?». E alla tartarughina che faceva capolino tra la nuca e il collo sibilò: «Questo è uscito pazzo. Non che prima fosse savio. Ma adesso è proprio fuori di senno».

Lo straniero non se ne avvide e continuò. E non si capiva bene se parlasse da solo o ce l'avesse con Pulcìna. Fatto sta che il servo, a scanso di equivoci, lo lasciò fare.

Messer Chico espose il proprio ragionamento: «È andata così. A un certo punto sembrava che la mia esistenza non avesse più alcun significato. Certe volte avevo la sensazione che le mie giornate fossero diventate vuote e che non ci fosse più niente da fare. Però mi dicevo: non è possibile. Ci sarà pur qualcosa che io possa fare per rendermi utile agli uomini. Pensai e ripensai, ma non sapevo proprio come fare. Eppure tornavo con la memoria alla mia vita passata: come ero stato felice! Ebbene, proprio alla luce di questo si andava rafforzando in me la convinzione che ora avrei dovuto fare qualcosa per rendere felici gli altri».

Messer Chico disse queste cose a voce moderatamente alta, perché Pulcìna potesse sentire. Ed effettivamente il servitore ascoltava: stranito alquanto, ma ascoltava.

Poi lo straniero riprese: «Cercavo la ricetta della felicità. Vedi, mio fido Pulcìna: i piaceri di cui fino ad allora avevo goduto erano stati instabili e passeggeri. Tanto che si erano dileguati. Ebbene, ora volevo dare a quelle gioie qualcosa di più duraturo, come una sorta di solido fondamento. Bando alle chiacchiere: comprai una montagna di libri. A lungo studiai, feci ricerche approfondite, misi in pratica una serie infinita di esperimenti: magari sbagliando, ma ricominciando sempre da capo, consumando le mie notti».

Pulcìna gli fece da controcanto: «E anche quelle della mia povera sciagurata Jovannella».

Lo straniero riprese: «Ho consumato il mio denaro e il carbone dei miei fornelli. Per molto tempo la cattiva sorte mi ha perseguitato e le mie prove sono miseramente fallite. Ma non per questo io mi sono scoraggiato. Anzi, sono andato sempre avanti, con tenacia e costanza. Fin dal primo momento sono sempre stato consapevole di lavorare per la felicità dell'uomo e questo per me era il massimo obiettivo e l'estremo conforto...».

Pulcìna dava segni di irrequietudine. Ma messer Chico, rassicurandolo che la conclusione era vicina, soggiunse: «Per fartela breve. Alla fine, dopo molti anni di travaglio, ho potuto dire di aver raggiunto la mia meta, gridando anch'io la parola del greco Archimede di fronte a una scoperta così grande: Eureka! Poi, come usano fare gli inventori, mi sono occupato di vezzeggiare la mia opera, di carezzarla, di darle forme svariate e seducenti, di perfezionarla, in modo da poter dire agli uomini: eccola qui; io ve la dono bella e completa».

Pulcìna provò a tornare a interloquire col suo padrone e domandò: «E questa cosa, bella e completa, cos'è?».

Messer Chico ora sembrava provato: «Te lo spiego domani, adesso sono troppo stanco, mio fido servitore».

«Siete proprio un brav'uomo» sviolinò Pulcìna.

«E tu sei molto caro.»

«Avete fatto tutto questo poco per la felicità degli altri?»

«Già.»

«E chi ve lo ha fatto fare?»

«È così bello lavorare per la felicità degli uomini.»

«Questo sì, è proprio una cosa nobile.»

«Già.»

«Ma messere, cos'è la felicità per la quale avete lavorato tutto questo tempo? Non è che avete fatto i soldi falsi, eh?»

«Pulcìna mio, proprio no. Cos'è la felicità? Lo chiedo a te.»

«Che bella cosa...!»

«Che cos'è la felicità, se non lo stare in armonia con la saggezza della natura? Cos'è l'infelicità, se non la violazione della natura, contraria all'ordine prestabilito?»

«Ma come? Prima avevate detto che bisogna cambiare e adesso dite che la felicità è l'ordine prestabilito?»

«Ma l'ordine prestabilito non è quando tutto rimane tale e quale. L'ordine della natura è il cambiamento. E la violazione dell'ordine è quando tutto rimane uguale a sempre...»

«Io non vi capisco, ma si vede che siete proprio un brav'uomo. Io non capisco Jovannella, come fa a dire...»

«Perché? Che dice tua moglie?»

«No, niente.»

«Vedi, Pulcìna. Se la natura procede bene, c'è felicità. Se essa va male, c'è infelicità.»

«Detto così è semplice. Ma come è bravo il mio messere. Altro che mago». Poi sotto voce Pulcìna disse tra sé: «Questo, secondo me, un poco pazzo lo è».

«E pensare che ci sono quelli che credono che la felicità sia come una persona che reca a ognuno quello che essi desiderano per sé: ma non è così.»

«Ah, non è così!»

«Perché? Non mi dire, Pulcìna: tu sei tra quelli?»

«No, per carità, messere. Quando mai... io?»

«Infatti, noi abbiamo avuto una natura preordinata. Chi cammina nella luce non sarà infelice, e non lo sarà neppure chi cammina nelle tenebre: hanno ragione tutti e due. Chi non cade possiede l'ordine, e chi cade lo ha spezzato. Perciò la felicità e l'infelicità non sono come la neve e il vento, ma bisogna conoscerle e disciplinarle, procedendo dal fondamento della natura; perciò l'infelicità è ignoranza e la felicità è pure un'ignoranza.»

«Io non ho capito niente.»

* * *

Il cielo imbrunì. Il silenzio calò sopra i tetti, mentre nelle case i bambini già dormivano, le ragazzette sognavano a occhi aperti principi dall'azzurro mantello, e gli uomini e le donne si lasciavano andare agli ultimi tormenti prima di cadere nelle braccia di Morfeo: nel talamo Pulcìna e Jovannella litigavano ancora.

Le belle 'mbriane osservavano divertite e si parlavano: «Quant'è malvagia quella Jovannella. La sua principale occupazione è conoscere i fatti del vicinato per trarne personale vantaggio o per malignarvi su».

«Non fa che spiare il messere forestiero, che intanto, anche a quest'ora della notte, si è di nuovo rimesso all'opera.»

«Lei prova a dormire, ma non ha tregua nelle lenzuola alla notte per la curiosità che resta inappagata.»

«E non riesce a saper nulla, più per dispetto: lacera la reputazione delle vicine e tormenta il marito.»

Fu solo allora che s'udirono i due litigare.

«Ma vieni a letto, su. E datti finalmente pace» diceva Pulcìna.

«La pace è buona per gente come te: un bicchiere di vino e un'odorata di lattuga...» provocava Jovannella.

«Se fosse per la tua insalata... Vieni a letto Jovannella!»

«Non posso. Pure Gioacchino me l'ha detto: donna, sii vigile.»

«Perché, c'è traffico?»

«Cosa?»

«No, è una cosa mia. Ah, ne hai parlato col monaco?»

«Sì.»

«E che t'ha detto?»

«Che devo vedere bene.»

«Che devi spiare bene.»

«Perché il problema non è facile: quello può essere un mago, oppure un astrologus, un divinator, un nigromantico, oppure un signator, un incertus, un manualis.»

«Jovannella, ma ti fossi messa a studiare?»

«Studio, analizzo, medito.»

«Ma sei sicura che il segreto del mago è qualcosa che ti può cambiare l'esistenza? Se continui così tutto questo ti farà male e ti roderai soltanto il fegato.»

«Scommettiamo che ci riuscirò? E poi non ti scordare: ho un fratello guattero a corte. Se scopro qualcosa di importante, mi potrò vantare al cospetto del re e quello mi premierà. Sarà la mia fortuna.»

Pulcìna si rigirò tra le lenzuola. Jovannella parve acquietarsi perché anch'essa posò la testa sul cuscino. Ma fu solo per un attimo. E tornò ad alzarsi per spiare dalla finestra di nuovo le movenze di Chico il mago.

S'udì ancora il conversare delle 'mbriane:

«Scommettiamo che Jovannella riuscirà nel suo intento? Scommettiamo che ci riuscirà prima che ne sappia qualcosa Pulcìna, che pure bazzica la casa del mago?»

«Ma come? Malgrado le porte chiuse? Malgrado le finestre sbarrate?»

«Eh, le donne di questa terra! Esseri demoniaci, vedrete. Altro che streghe di Benevento! Sarà per il buco della serratura, per la fessura di una porta, per il foro nel muro o per altro, ma Jovannella ci riuscirà.»

Ma quella notte i pensieri portarono altri tormenti, quando Chico abbandonò i suoi alambicchi, Pulcìna cominciò a russare e pure Jovannella s'arrese al sonno.

Era sveglia la bella Nisida, si rigirava nel letto, si alzava ogni tanto e si rimirava allo specchio nel chiarore che si insinuava nella casa. Fuori la luna era alta.

Anche messer Chico, esausto, vegliava. Sedette sul muretto del terrazzino e prese a guardarsi tutto d'intorno nel buio. Ora la luce della luna sembrava togliere il velo a ogni cosa. E pensò che così stava accadendo anche nella propria vita grazie a Nisida, grazie a quella ragazzetta che lui aveva modo di incontrare sempre al mercato, perché lei era lì, non in un altro posto, proprio come la luna in alto quella sera. Gli sembrò normale e allo stesso tempo profondamente straordinaria quella presenza nella sua notte, vitale come un respiro. Qualcosa di cui non poteva fare a meno. E a quel pensiero si rattristò, proprio nell'attimo in cui una nuvola offuscò per poco il satellite.

Lo straniero guardò ancora in alto. Una folata di vento riportò il pieno chiarore. E lui sorrise contento. Avvertì che Nisida per lui era diventata proprio come la luna: dolore e gioia, malattia e farmaco, tormento e sollievo, morte e vita, oscurità e splendore, pianto e godimento.

Ma quella notte a tormentarlo di più fu il pensiero che il più delle volte rimanesse del tutto indifferente alla sua presenza come alle sue arie. D'altronde la prova era lì, negli occhi di Nisida, che di sovente restavano castani e tristi, anziché colorarsi di verde prima scuro e poi chiaro, per aprirsi infine a un accogliente sorriso. E Chico fu ripreso dall'angustia: se davvero Nisida fosse stata felice di rivederlo, ogni volta lo sguardo suo non avrebbe dovuto cambiare colore?

Invece no, lei restava indifferente come pietra, gelida come marmo. Lui era lì, consumato da quel dardo che l'aveva colpito nel profondo... chissà poi scagliato da dove: quando lei l'aveva guardato dritto negli occhi oppure quando aveva abbassato, pudica, lo sguardo? Ma che importava saperlo? Si chiese ancora. Respirò a fondo, una, due, tre volte. Come se l'esercizio fisico potesse aiutarlo a reggere il peso di quell'affanno, che seppur piacevole di notte specialmente l'angustiava.

D'improvviso lo prese il pensiero di quanto fossero rozzi gli antichi, che avevano inventato la figura dell'arciere Eros, che tende la balestra, mira giusto al petto, e poi BUM: punge, trafigge, sgozza, dilania, opprime. Che diamine c'entrava Eros con la ferita che s'era aperta nel cuore? A pochi passi da lui adesso riposava lei, che avrebbe potuto alleviare le pene sue, magari distesa proprio sopra di lui, con i capelli bruni sparsi sul suo petto, mentre le mani morbide dalle dita di cristallo effondevano carezze che come rugiada, come vino, come olio balsamico lo medicavano... Lì, sotto le stesse lenzuola, prima che il desiderio tornasse a scatenare la danza dell'amore.

Ma era soltanto un sogno: lei, crudele – di sicuro –, ora dormiva abbracciata a Morfeo.

Eppure messer Chico si sbagliava. Anche Nisida quella notte rimase sveglia a lungo. E alla luna sollevò una preghiera.

Chiese a lei di illuminare il futuro. Quasi consapevole che proprio la luna avrebbe potuto favorire quel connubio con lo straniero. Era proprio tanto impossibile? Ma cosa c'era al mondo di tanto complicato che non si potesse realizzare, si chiese tormentata Nisida.

Ricordò quello che tante volte le avevano raccontato. Una madre era riuscita a trasformarsi in pietra, dopo la morte dei propri figli. E quell'altra che ne aveva ucciso uno, aveva chiesto in dono delle ali e s'era trasformata in uccello.

Dunque perché lei non poteva trasformarsi in uno specchio, perché lui potesse riflettere su di lei la propria immagine? E perché a lei non poteva andare in regalo il dono di diventare una tunica tutta ricamata, capace di toccare la pelle di lui?

Poi fu silenzio, ciascuno dei due andò a dormire con lo stesso tormento.

Rugiada e fiamme, questo è l'amore: chi resta bruciato dai carboni non ha altro scampo, se non il refrigerio di quel bacio.

2.

Passò qualche giorno. E per Sua Maestà fu allestita una battuta di caccia tra le campagne di Capodimonte.

Invero di stanare la selvaggina non gliene fregava un tubo a nessuno. Ma l'intenzione di uno stuolo fra dignitari e ingegneri era ben chiara: incontrare l'Imperatore a quattr'occhi per proporgli un affare che avrebbe potuto stargli a cuore.

Ne scaturì una giornata complicatissima per il Segretario di Federigo che fin da primo mattino si trovò attorniato dai questuanti.

Il buon Pier delle Vigne subodorò la manovra e ben conoscendo il valore dell'unica cosa che realmente interessava all'Imperatore – vale a dire la pietra filosofale – andò subito al sodo: «Siete forse voi degli alchimisti? Qualcuno di voi pratica la nobile arte?».

Il Primo Ingegnere gli rispose di no: «Oh, nessuno, proprio nessuno di noi. Siamo soltanto dei buoni ingegneri e capocantieri. Conosciamo il nostro lavoro e sappiamo le virtù delle nostre pietre. Perciò, continuate: dicevate che il grande e buon re è alla ricerca di una pietra».

Il Segretario li guardò con fare circospetto, li invitò a farsi più dappresso – sebbene in quel bosco ci fossero soltanto loro – e come per non lasciare disperdere le parole al vento (incontro a orecchie altrui) disse a voce bassa: «Vedete, io sono soltanto un principiante della pietra filosofica. Ma posso dirvi, a quanto ho letto e mi hanno spiegato, che dovrebbe trattarsi di un qualcosa che...».

Il Primo Ingegnere, che poi di loro era solo il più intraprendente, accompagnò con sussiego: «Sappiamo bene, sappiamo bene...».

Al Segretario questo modo di fare non piaceva molto, però contenne il fastidio iniziale e proseguì: «... che penetra e satura il corpo umano e tutto ciò che si trova nel corpo, il quale ne rimane tutto restaurato e rinnovato...».

«Certo, certo...» continuò becero il Primo Ingegnere.

Pier delle Vigne poco se ne curò e andò avanti: «Non però come se la pietra togliesse dal corpo ciò che vi si era invecchiato, ma a guisa della salamandra che si purifica attraverso la propria pelle, senza soffrire danno né putrefazione, pur rimanendo nella sua vecchia pelle, natura e forma».

Il Secondo Ingegnere ebbe un moto d'incertezza: «Ma che sta dicendo?» domandò. Ma il Primo Ingegnere gli fece una smorza, come per dire: "Stai zitto e assecondalo, poi sappiamo noi come gabbarlo".

Piero andò avanti: «In questo modo restano purificati dalla pietra filosofale il cuore e tutti gli organi principali, le vene, il midollo e ciò che vi è contenuto, sì che non vi resta nessuna impurità, né alcuna insalubrità».

Di fronte alle perplessità del Secondo Ingegnere, il Primo e gli altri due rassicurarono ancora a gesti il compagno, poi il Primo tornò a parlare al Secondo: «Sapremo noi dare all'Imperatore la pietra che cerca».

«E quale sarebbe secondo te?»

Un Terzo Ingegnere intervenne: «Il tufo, ma certamente: il nostro bel tufo...».

Ma Pier delle Vigne non si dava pensiero e proseguì: «La podagra, l'idropisia, l'ittero, la passione colica se ne vanno, ed essa purifica i quattro umori di ogni insufficienza, rendendoli mondi come se fossero tornati alla prima nascita. A essa cedono, infatti, tutte le cose che tendono a guastare la natura. Le malattie fuggono dinanzi a questo rinnovamento, come fuggono i vermi dinanzi al fuoco».

Un Quarto Ingegnere assicurò: «Abbiamo noi la soluzione a quello che ora state dicendo. Noi conosciamo ogni cosa della pietra...». Il Segretario chiese fiducioso: «Della pietra che sciolta nell'alcol genera l'elisir di lunga vita?». E ancora: «E l'elisir di lunga vita, sciolto con altre sostanze, darebbe la panacea, buona per ogni malattia. È così?».

Il Quarto Ingegnere rimase lui stesso stupito di fronte a tanta aspettativa da parte dell'Imperatore. E s'avvide che davvero lui e i suoi compagni si stavano azzardando in un bell'inganno. Ma comunque soggiunge sicuro: «Esattamente».

Pier delle Vigne gli volse uno sguardo sospettoso: «Ma qui ci vuole un mago».

E il Primo Ingegnere soggiunse: «Oppure un santo».

Il Secondo Ingegnere emendò: «Il che poi è la stessa cosa».

Ma il Segretario dissentì: «Eh no, vedete, illustri messeri. Non è la stessa cosa. C'è molta differenza tra un santo e un mago. Il santo agisce per mezzo di Dio e il mago opera, invece, per mezzo della natura. Tornando al nostro grande e buon re: Federigo è un santo, ma adesso abbiamo bisogno di un mago».

Il Primo Ingegnere garantì: «Nessuna preoccupazione; se vi fiderete di noi, sarete in buone mani».

Nelle vicinanze c'era Jovannella, che da un po' s'era tutta dedita a seguire le mosse dell'Imperatore per svelargli il segreto. Sulle spalle recava un enorme fardello. «Un mago?» disse lei. «L'ho incontrato io, io, la povera Jovannella di Canzio, vedova d'un lavoratore che mi lasciò una figlia da maritare e un letto troppo freddo in cui coricarmi. Un mago? Eh, eh! Ho avuto io la buona sorte di incontrarlo. E finalmente la carestia è finita. Tutto merito mio. Mai più andare al fiume a lavare. Brava, brava, brava. Sono stata in grado di scoprire quel segreto che lo stregone preparava. Altro che pietra filosofale. Il segreto che a Chico il mago ho carpito val bene la lunga vita e la felicità, quelle cose che il grande e buon re Federigo cerca. A lui e agli altri, principi e conti, venderò la ricetta: e io diventerò ricca, arciricca, straricca al punto da non sapere dove nasconderlo il mio oro. Eccomi qui, ora, a cercare mio fratello, guattero a corte, perché la ricetta della felicità arrivi davanti al re. Eurekia! Eurekia! E-u-re-kia! Furba e malandrina che sono. Ho scoperto finalmente a che gli servivano alambicchi e tegami, coltelli e fornelli. E la pentola che bolliva ogni sera. Anzi, le pentole: erano due. In una ci metteva lo strano miscuglio di colore rosso che veniva fuori dalla combinazione delle cose che gli portava Pulcìna dal mercato; e nell'altra ci metteva dei pezzetti di non so cosa: bianchi, bianchissimi. Insomma, scema che sono io e che è la gente che mi circonda. Quella roba rossa non era sangue, quella roba bianca non era veleno. Ma adesso so io cosa fare». E la vajassa chiamò il fratello Jacopo per tre volte.

Poco lontano, la battuta di caccia non era ancora finita, ma Federigo invero non sembrava particolarmente interessato. Se ne restava all'ombra di un faggio ad ascoltare un accolito che gli leggeva un brano appena dettato dall'Imperatore. Nella voce incerta declamava qualcosa che doveva più o meno fare così: «*A globo circuli lunaris inferius hominem, creaturarum dignissimam ad ymaginem propriam effigiemque formatam, quem paulo minus minuerat ab angelis...*».

Roba davvero incomprensibile ai molti. Ma si vedeva che l'Imperatore sapesse bene cosa stava dicendo. Tant'è che con fare deciso e determinato – quasi come se stesse ponendo le sue leggi – completò il pensiero: «*Consilio perpenso disposuit preponere ceteris creaturis*». E parve soddisfatto. L'unica inquietudine che gli si leggeva netta nel volto era legata al Segretario: ma quand'è che il suo fido consigliere si sarebbe riaggregato a lui? Chi era tanto privo di costumi da trattenerlo per così tanto tempo?

Fu così che l'Imperatore avvicinò un gruppetto di dignitari.

Uno di loro, il Primo Conte, gli chiese: «Altezza, vogliamo provare a vedere se la lepre è fuggita di qua?».

Federigo non sembrò entusiasta: «Piuttosto mi riposerei ancora un attimino. La giornata è calda».

Il Secondo Conte propose: «Sommità, faccio riprendere i cavalli?».

Federigo disse di no: «Non è il caso. Il moto fa bene».

Un Altro Conte avrebbe voluto trovare un appellativo ancora più forte e aulico per rivolgersi all'Imperatore, ma non ci riuscì e concluse: «...ntità, non ama colpire gli animali della selva?».

Sprezzante Federigo chiosò: «Affatto».

Il Primo Conte allora suggerì: «Altezza, ma se è così, allora torniamo subito al castello».

Con un gesto della mano quegli lo rassicurò: «No, non datevi preoccupazione. Mi piace stare qui, a contatto con la natura».

Il Secondo Conte lo provocò: «Sommità, è forse lei un seguace del poverello d'Assisi?».

Stette al gioco l'Imperatore: «Magari! Almeno il pontefice Onorio non ce l'avrebbe tanto con me: dovrebbe essere vivo il povero Innocenzo!».

Il Terzo Conte azzardò un'improbabile ironia: «...ntità, è mai possibile? Una crociata contro il crociato?».

Federigo non gli diede retta e proseguì: «Eh! No, no. Non sono un seguace di quel Francesco. Più semplicemente mi piace camminare. Piuttosto, ma dov'è il nostro Piero?».

Qualche metro più in là Pulcìna e Nisida vagavano anch'essi per le campagne di Capodimonte, preoccupati, con passo frettoloso. La ragazza avanti e l'uomo che le sbuffava dietro.

Nisida non si capacitava: «Ma tu capisci?».

Pulcìna trafelato s'asciugava il sudore con una manica della veste e gridava: «Guagliona bella, io non capisco più niente. E se non mi spieghi bene, io prendo e me ne vado».

Nisida allora tornò sui suoi passi e riprese di nuovo: «Ne sono certa. Stanotte mamma è stata sempre sveglia e alla fine è riuscita a conoscere il segreto del mago».

«Ma come fai a esserne così sicura?» le chiese Pulcìna.

«Lo so e basta!» urlò lei con le mani ai fianchi.

Fu allora che Pulcìna sbottò: «Tale e quale a mamma sua. Ragazzina: io mi sono scocciato e me ne torno dal mio padrone. Io a quello là non lo devo fare più aspettare. Altrimenti perdo pure quel ducato che una volta ogni tanto, alla fine della giornata, mi dà per farmi le trasfusioni».

«Di sangue?» domandò sbalordita Nisida.

«No, quelle non le hanno ancora inventate: di vino, mia cara» tagliò corto Pulcìna.

«Vieni subito qua» gli fece.

«Non è possibile. Chico mi aspetta. Lui deve trovare una cosa...»

«Ma che è questa cosa?»

«È una cosa molto importante.»

«Sì, ma che è?»

«Uffa, non lo so. Ma so che è importante assai e il vino stavolta non c'entra.»

«Pulcìna, non te ne andare!»

Nel frattempo, Pier delle Vigne era ancora attorniato dai quattro Ingegneri.

«Illustre Piero» disse il Primo Ingegnere, «noi confidiamo su di voi. La pietra che possiamo offrire al grande e buon re Federigo può fare la sua e la nostra felicità. Il tufo è il nostro oro. Ne possiamo scavare quanto l'imperatore ne vuole e lui se lo può portare dove vuole: non è necessario che rimanga qui.»

Su questo il Segretario convenne: «Questo è importante, perché lui qui non ha affatto intenzione di restare. Lui ha altri progetti» concluse sdegnato.

«D'accordo, d'accordo» s'affrettò a balbettare il Primo Ingegnere. «Noi gli daremo tutto il tufo che vorrà. E lui ci darà licenza di costruire in città.»

Piero ribatté infastidito: «Ma se v'ho detto che non ha intenzione alcuna di restare!».

Il Primo Ingegnere provò a chiarire meglio il pensiero suo: «Ma la città gli vuole essere fedele. E lo sarà. È sufficiente che ci dia lavoro, che ci conceda di costruire. Noi potremo così dire alla gente che il grande e buon re crede in questa città, tant'è che vi culla il desiderio di restarci. Perciò fa ricostruire quel castello e poi quell'altro e poi quell'altro ancora».

Il Segretario provò a tenere testa: «E in cambio? Il re che ci guadagna?».

«La pietra filosofale!» salì di tono a questo punto il Primo Ingegnere. «In cambio della pietra filosofale, noi costruiremo. E la gente, credendo alla bontà del re, non avrà dubbi. Vedrete: la città sarà col vostro Federigo. E non si lascerà mai tentare dallo sghiribizzo di appoggiare quel Papa, come stanno facendo già tanti comuni e tante repubbliche.»

Cammin facendo il gruppo riuscì a scorgere l'Imperatore che era in compagnia dei conti. Il Segretario gli andò incontro, scuro in volto, mentre i quattro ingegneri presero la loro strada e si scambiavano battute.

«Allora ci vendiamo per due pietre?»

«No, sono loro che si fanno comprare.»

«E noi?»

«E noi non siamo fessi.»

«Ma secondo te, il grande e buon re veramente è tanto babbeo da bersi la storia che il tufo che gli faremo portare a quintali è tutta pietra filosofica e filosofale?»

«Non lo crederà affatto. Manco lo saprà.»

«E allora?»

«Allora ci sarà chi glielo dirà e glielo farà credere.»

«E quella è la persona giusta?»

«Giusta, giustissima! Lui, quel Piero è colui che tenne ambo le chiavi del cuore di Federigo, e che le volse, serrando e disserrando, sì soavi, che dal secreto suo quasi ogn'uom tolse.»

A sentire il Primo, il Secondo Ingegnere ebbe un sussulto: «E adesso che avrà voluto intendere?».

Il Terzo provò a rabbonirlo: «Eh, quello mica è ignorante come noi che sappiamo soltanto di pietre. Quello legge i libri».

Ma il Secondo rimase nel dubbio: «Eh, va bene. Ma questo libro secondo me ancora non è uscito! Boh!».

Più tardi, nella campagna dove i faggi lasciano il posto a olmi e tigli, nei pressi di una rocca dirupata ai margini dell'area dove si era svolta la battuta di caccia, venne imbandita una tavola all'aperto. E lì, se l'avessero conosciuta prima, gli astanti avrebbero potuto scorgere Jovannella che aveva finalmente incontrato il fratello e con lui conversava animosa.

«Jacopo, ma non capisci.»

Non è che non capiva. Jacopo era sano di comprendonio, eccome. Anzi, proprio per questo contraddiceva la sorella: «Insomma, secondo te e per la bella faccia tua, io devo perdere il posto e la testa?».

Scuoteva la testa la tenace Jovannella: «Oh, oh! Allora non hai capito?».

Jacopo riprese i preparativi per il banchetto imperiale e fece dell'ironia: «No, non ho capito. Anzi, sì: ho afferrato benissimo. Papà e mamma, quella notte ch'è venuto il tuo turno, avrebbero fatto meglio a dirsi il rosario di quindici poste».

Jovannella inarcò le spalle: «E che c'entra mo' la Madonna di Pompei?».

«Boh!» di rimando Jacopo. «Non lo so e non lo voglio sapere. Comunque adesso te ne devi andare. Perché anche i signori tengono fame e devono mangiare. E se vedono che qua non è pronto niente e che io sto a parlare con te è davvero la fine.»

Fu allora che Jovannella diede fondo a tutta la scaltrezza di cui una donna è capace e lanciò la sfida al fratello: «Se hai ardire di uomo, la fortuna nostra è fatta».

Jacopo non stette nei panni e la prese di petto, gridandole in faccia: «Tu sei diventata una strega e io non lo sapevo».

L'affronto fraterno scatenò la reazione scomposta della vajassa: «Malannaggia la tua bocca sconsacrata! Ascolta qua. Vuoi tu dire al cuoco di palazzo che io conosco una vivanda di così nuova e tanto squisita fattura da meritare l'assaggio del re?».

«Femmina, tu sei pazza!»

«Dio mi sradichi questa lingua che ho tanto cara, se mento.»

E il battibecco continuò ancora per le lunghe.

Intanto Pulcìna provava ad allontanarsi dalla ragazza. Invano perché l'agilità e gli anni facilitavano Nisida nell'inseguimento. Pulcìna correva nemmeno lui sapeva dove, dicendo tra sé a voce alta: «Qua sono tutti usciti pazzi. Pazza Jovannella, che è forse pure infingarda. Pazza Nisida, che s'è innamorata del padrone mio. Pazzo il padrone mio, pure lui, che deve essersi invaghito di quella ragazza. E pazzo io stesso, se sono qua, un po' per dare soddisfazione a Nisida, un po' per vigilare sul segreto di Chico».

Così maledicendo, Pulcìna si ritrovò nella radura la tavola imbandita.

Si fermò. Aguzzò la vista. E vide prima la cucina da campo allestita dai servitori e poi Jovannella, ch'era intenta a preparare.

Quello che era successo se lo raccontavano ora divertite le belle 'mbriane.

«Jovannella convinse il fratello.»

«Jacopo ne parlò col cuoco.»

«Il cuoco ne discusse col maggiordomo, il quale ne tenne parola con un conte.»

«Il conte osò dirne al re.»

«Al re piacque la novella.»

«Così con solennità fu dato ordine che Jovannella, la sorella del guattero, componesse la prelibata vivanda.»

«Ma come fu possibile?»

«Fu possibile, perché così al re piacque. O meglio, il re per togliersi un po' di servitori e dignitari di torno disse sì frettolosamente. Manco aveva capito cosa stava per succedere. Perché lui voleva parlare a quattr'occhi con il segretario.»

E le due 'mbriane se la risero.

D'altronde la loro ricostruzione dei fatti era impeccabile.

Adesso Federigo era finalmente riuscito a restare da solo con il suo fido consigliere e, avvicinatosi a una fontana, coperta la voce dal gorgoglio dell'acqua cominciò a parlare: «Secondo te, perché ce l'hanno con me?».

«Mio sire, questo non ha alcuna importanza.»

«E cosa importa secondo te?»

«Che la gente sia con noi.»

«E questa gente sarà con noi.»

«Oh, sì. Basterà poco, assai poco.»

«Quanto poco?»

«Quel poco che la sua benevolenza le saprà elargire.»

«Sentiamo!»

E il Segretario argomentò: «Loro hanno il tufo, tanto tufo».

«Ebbene?»

«Ricomincio dal principio.»

«Ecco, bravo.»

«Una volta c'era il vulcano e il fuoco che ardeva, motore primo del creato intero. Ma l'acqua era troppo vicina al fuoco...»

«E il motore si spense» interruppe Federigo, causando l'ennesimo anacronismo a questa storia.

Lo corresse dunque Piero: «Il motore si raffreddò, la pietra s'inumidì e vi crebbero le muffe...».

«Ebbene?»

Il Segretario spiegò: «Non cercano come voi, mio sire, la pietra filosofale, questi. Cercano le briciole. E scavano nel ventre della loro terra. E costruiscono, per dare alla città un volto che essa non ha...».

«E che non avrà mai» sentenziò Federigo. «Tu questo lo hai spiegato bene?»

«Sì» proseguì Piero, «ma se il mio sire lascia loro nelle mani pochi ducati, essi proseguiranno...»

«Nell'inganno?»

«Sì, nell'inganno.»

«Ma davvero possono pensare che io mi beva questa panzana, scambiando il tufo per la pietra filosofale?»

«È il loro inganno: lasciamoli giocare.»

«E a noi che ne verrà da quell'inganno?»

Il Segretario venne al sodo: «Mio sire, gli spalatori spaleranno. Gli scavatori scaveranno. Gli ingegneri progetteranno. I mastri muratori costruiranno. Le famiglie dei muratori mangeranno. I conti e i principi quelle mura frequenteranno e i meno abbienti che lì davanti passeggeranno e si innamoreranno sapranno quanto è grande e quanto è buono il re. E questa città sarà devota a Federigo...».

«E il Papa?»

«Avrà perduto un'altra città.»

Intanto Jovannella finalmente s'era messa all'opera. In poco tempo ebbe tutto fatto. Prima prese fior di farina. L'impastò con poca acqua, sale e uova. Maneggiò a lungo la pasta per raffinarla e per ridurla sottile sottile come una tela. Poi la tagliò con un coltelluccio in piccole strisce. Le arrotolò a forma di piccoli cilindri e quando n'ebbe fatta una grande quantità li mise ad asciugare al sole.

A quel punto mise sul fornello un tegame e dentro ci lavorò dello strutto, qualche cipolla tagliata finissima e sale. Lasciò soffriggere la cipolla e ci fece cuocere un grande pezzo di carne. Quando questa si fu rosolata per bene ed ebbe acquistato un colore bruno dorato Jovannella vi versò dentro il succo denso e rosso dei pomodori che aveva spremuto. Coprì il tegame e lasciò cuocere a fuoco lento, sia la carne che la salsa.

Quando arrivò l'ora del pranzo la vajassa preparò una caldaia d'acqua bollente dove rovesciò i cannelli di pasta. Durante la cottura – per fare le cose per bene e a puntino così come aveva visto fare a messer Chico – Jovannella grattugiò quel dolce formaggio che ha nome da Parma e si fabbrica a Lodi. Cotta al dente la pasta la separò dall'acqua e in un bacile di maiolica la condì mano mano con una cucchiaiata di formaggio e un'altra di salsa.

Di lontano il patrigno e la ragazza osservarono rassegnati.

Pulcìna imprecò: «Maledetta pazza e infingarda! Ci è riuscita nell'intento suo. E ora cerca di fare la furba, dicendo che quella vivanda prelibata (la vedo di qua, mi sembra di avvertirne l'odore e m'immagino il soave sapore) l'ha inventata proprio lei. Ma ci penserò io ad avvisare il padrone. E ne vedranno delle belle».

«Tu non mi volevi credere» lo biasimò Nisida, «e adesso fai qualcosa, Pulcìna. Io amo quell'uomo. Non posso sopportare oltre l'idea di questo tranello.»

Il banchetto del tranello si svolse come Jovannella si aspettava. Eppure la donna ebbe a lamentarsi della confusione che s'era creata intorno al re. Ad animare la vajassa non era la seppur lecita trepidazione che coglie il comune mortale di fronte alla prova. No, a funestare oltremodo l'animo suo già di per sé misero era ora l'impazienza. Della serie: "Diamine, lasciate che l'Imperatore si goda questo piatto di maccheroni". Ce l'aveva con la folla di dignitari e ingegneri che si accalcava accanto a Federigo e al suo Segretario.

Ma venne il momento atteso. E la sicumera di Jovannella si sciolse finalmente in un sorriso, per quanto nervoso e sempre aspro come limone.

«Davvero squisito questo piatto!» esclamò Federigo.

Il Primo Ingegnere chiosò: «Eh, questa città sa offrire cose splendide e inaspettate».

Il Primo Conte s'intrufolò: «Altezza, ma l'ha vista questa città quant'è bella?».

Federigo stava al gioco: «Certo miei cari, avevate proprio ragione... Ma quant'è saporito questo cibo. Vorrei conoscere l'autore di tale prelibatezza per congratularmi con lui».

Il Secondo Conte aggiunse: «Possiamo fare di più e di meglio».

«Ma chi è il mago che ha saputo ordire questa trama?» chiese ancora Federigo.

Il Primo Conte tornò alla carica e gonfiò il petto: «Con pietre e farina siamo maestri».

A quel punto l'Imperatore perse la pazienza e ordinò: «Portatemi innanzi l'autore di questa squisitezza: è la mia volontà».

Fu così che Jovannella venne ammessa al cospetto dell'augusto Federigo. Lei si fece avanti dopo essersi riavviata i capelli in volute sgraziate che rendevano all'inconsapevole strega un aspetto ancora più inquieto e demoniaco.

Federigo le fece in successione tre domande: «Come ti chiami? Chi sei? Una maga, forse?».

Jovannella si vestì di un rossore che non le apparteneva: «Umile servitrice di vostra Altezza. Non sono maga e mi chiamo Jovannella di Canzio».

«Brava Jovannella» le rispose l'Imperatore, «ma dimmi: come hai saputo immaginare un connubio così armonioso e stupendo?»

«Questa è la città dell'arte» si intromise il Primo Conte.

«Sappiamo fare di più e di meglio» disse nuovamente il Secondo Conte.

Federigo si alzò dal banchetto e diede un chiaro segnale di fastidio, perché non si lasciava parlare Jovannella. E nella vana convinzione di rabbonirli una volta per tutte, con diplomazia, si rivolse agli Ingegneri: «Dispongo di costruire l'università...».

Ognuno dei convitati scambiò gesti di soddisfacimento e di approvazione con il proprio vicino. Seguì un attimo di silenzio, poi il clamore intorno alla tavola nel bosco riprese ancora più alto e frenetico di prima.

Il Secondo Conte azzardò: «È bella questa città e lo sarà ancora di più se la sapremo attrezzare anche come splendida dimora reale».

Piero provò a calmare le acque: «Sebbene, ricordatelo, la capitale rimanga almeno per il momento un'altra città».

«Ah, certo» incassò il Secondo Conte.

Mentre il Primo incalzava: «Non fosse altro per la sua cultura: chi non conosce la scuola siciliana?».

«Certo» osservò arguto il Secondo Ingegnere, credendo di avere capito, «chi non conosce la famosa cassata siciliana?»

«E i cannoli» fece da contrappunto il Primo Ingegnere, rivolgendosi chiatto chiatto all'Imperatore. «Bisogna costruire, sire.»

Federigo allora abbandonò il tono solenne e cadenzato che tutti gli riconoscevano e parlò: «Ma sì, certo che sì. E dispongo che vengano subito eseguiti alcuni lavori molto importanti: dovranno essere costruite le mura di cinta, che sono oggi diroccate, e ordino l'ampliamento della dimora di Castel Capuano e della fortezza di Castel dell'Ovo...». Poi vomitò categorico: «Adesso non mi rompete le scatole, devo ascoltare Jovannella».

I dignitari e gli ingegneri si fecero ora da parte, contenti d'avere ricevuto il premio atteso. E Jovannella potette dire, piena di vanagloria senza imbarazzo: «Ne ho avuto rivelazione in sogno da un angelo».

«Splendido» sorrise Federigo, «voglio che il mio cuoco di Palermo apprenda la ricetta e che si faccia dono a Jovannella di cento monete d'oro: è molto da ricompensarsi questa donna che per una sì grande parte ha concorso e saprà concorrere alla felicità dell'uomo». E l'Imperatore si congedò dai convitati. Mentre la folla si dileguò.

Nel tripudio generale Jovannella offrì un piatto fumante anche a Pulcìna. Lui prima fece il risentito, poi però apprezzò e mangiò con piacere tutti i maccheroni. Che il pensiero del torto subìto dal padrone gli fosse già uscito di testa? Chissà. Di certo chiese anche un po' di vino e bevve. E con la bocca piena si mise a cantare una delle sue canzonette sconce, ormai dimentico della sorte di messer Chico.

Sdegnata per avere assistito alla scena del tradimento, Nisida ruppe il dolore in pianto. Ma non fece neppure in tempo ad asciugarsi le lacrime che un'altra scena le rubò l'attenzione. «Brava Jovannella, grande Jovannella» iniziò a gridare con evidente sarcasmo uno dei dignitari che aveva appena finito di confabulare con un monaco. E incalzò: «Ma io so che non è stato un angelo... Non sei stata tu l'autore di questo incantesimo. Perché di incantesimo si tratta: appena l'Imperatore ha mangiato di quella pietanza è diventato subito compiacente. Altro che angelo. E io stesso avrei creduto che tu fossi una maga, Jovannella, se frate Gioacchino non mi avesse messo al corrente: è stato quello stregone di messer Chico a inventare questa nuova diavoleria che già promette di scombussolare il mondo».

Quei pochi che ascoltarono ebbero esclamazioni di meraviglia. Ma ormai la maggior parte della gente era già andata via. E la fama dei maccheroni di Jovannella stava già correndo per le vie della città. Ciononostante il Conte continuò: «E se Chico è uno stregone, deve essere fermato. Oppure: se proprio ci tiene alla vita, lui che può, dovrà darci la ricetta della pietra filosofale cui il buon Federigo anela. Così l'Imperatore, pieno di gratitudine, elargirà altro argento a questa amata città. Se poi messer Chico si rifiutasse di collaborare, beh, allora perderà la vita e lo manderemo al rogo».

Allora Nisida prese a correre.

Così ebbe inizio la fortuna di Jovannella. In poco tempo la città fu presa dalla smania dei maccheroni. Ogni principe e ogni conte volle avere la ricetta e mandò il proprio cuoco a imparare da lei. E ognuno le elargiva premi e mance.

Dopo i nobili vennero i ricchi borghesi. E poi i mercatanti. E poi i lavoratori di giornata. E poi i poveri. Ciascuno dava in cambio alla donna quello che poteva. E Jovannella così divenne ricca in un battibaleno.

3.

Le belle 'mbriane già commentavano gli avvenimenti, quando videro sfrecciare la bella Nisida nella strada che da Capodimonte scende giù per le Fontanelle.

«Intanto Chico il mago non sa nulla e solo solo nell'intimo suo continua a modificare e a perfezionare la sua scoperta» disse una. E l'altra annuì: «Magari pregustava il momento in cui, fatto noto agli uomini il segreto, gliene sarebbe venuto un briciolo di gratitudine...». «Ammirazione e fortuna» proseguì la prima.

Le 'mbriane alternavano sorrisi maligni a toni di sincera compassione. Poi una riprese: «Non vale più la scoperta di una nuova pietanza che quella di un teorema filosofico? Che quella di una stella cometa? Che quella di un nuovo insetto? Bene dunque: sia lodato senza fine l'uomo che la fa». E l'altra concluse: «L'uomo o la donna che la fa?». Quindi le voci delle 'mbriane tuonarono in una risata grassa.

Quando si trovò al cospetto dello straniero, Nisida era sfinita per la corsa e faceva fatica a parlare. Lui l'accolse con un sorriso e voleva porgerle dell'acqua. Ma la ragazza rifiutò, si mise a sedere e gli chiese: «Perché hai perduto tutto questo tempo...?».

Preso dallo stupore Chico le domandò: «Allora tu sapevi? Vedi: è scritto che ognuno dovrà cullare e non sopprimere il proprio sentimento. È un po' come per la scienza: è necessario studiare fino alla sua più alta espressione quello che bisogna imparare; e poi quell'apprendimento dovrà restare dentro, non dovrà sfuggire».

«Messere, io ora trepido per te» gli confidò giustamente Nisida, nell'illusione che lo straniero avesse afferrato il senso delle parole. Ma Chico non poteva capire. Eppure, se non si fosse precipitato a interromperla avrebbe colto per intero il significato. La ragazza intendeva dire: «Perché hai perduto tutto questo tempo, tu e la tua dannata opera!».

Dunque Chico non le diede ascolto e andò avanti nell'equivoco: «Se in te c'è un sentimento, c'è qualcosa che deve uscire, uscirà senz'altro. Se Dio lo vorrà. Pur senza che tu ne sappia nulla e senza che tu lo abbia voluto o desiderato. I sentimenti sono come opere: una volta che nascono non puoi fare finta che non ci siano, ma li devi sapere nutrire. Vedi, molti sanno scrivere, ma uno solo è cancelliere. Molti saprebbero regnare, ma uno solo è re».

«Mio adorato» disse ancora Nisida, «tu non capisci proprio.»

Chico le prese le mani: «Stai forse dicendo che mi ami?».

E Nisida s'avventurò nel tortuoso sentiero: «Perché ne sono indegna, forse?».

Ma Chico non le diede retta: «Perciò tanta fatica? Perciò tanta passione? Eppure ci conosciamo appena».

Ancora trafelata la ragazza non riusciva a raccogliere il fiato in gola per spiegargli una cosa e l'altra, l'amore che provava per lui e il tradimento che lo straniero aveva patito per colpa della madre sventurata. E dunque ebbe ancora buon gioco la fallace convinzione di Chico che Nisida era lì soltanto per dichiarargli il suo perduto sentimento: «Allora c'è bisogno che anch'io ti dica qualcosa».

«Anche io, messere, anche io...» provava a interrompere le parole la poveretta, che disperata già immaginava l'accorrere delle guardie imperiali per arrestare il messere ora accusato di stregoneria.

«Mia cara» disse Chico, «un sentimento è come un libro. Se tu sei destinata a scrivere quel libro, non sarà male aspettare sia pure sessanta o settant'anni e più. Se anche il pensiero si agitasse in te e se tu credessi di poterlo esprimere immediatamente, presa dalla smania, tu non voler montare subito in sella. Tanto quel sentimento non rimarrà nascosto, piuttosto lieviterà dentro di te e poi dovrà uscire, lentamente, come esce il bimbo dal seno della madre. E tieni a mente: una cosa che nasce in questo modo, cioè nei tempi giusti, è sempre proficua e buona. Segui l'insegnamento di questo pensiero, invece di perderti in altre distrazioni. Ogni frutto conosce la propria stagione. Li hai contati i miei anni? E i tuoi quanti sono? Questo messere è troppo vecchio per te. Non trovi anche tu?»

Presa dalla propria passione Nisida dimenticò di ragguagliare Chico circa gli avvenimenti e il rischio incombente che lo mandassero in prigione e, sciagurata, si mise a parlare d'amore. Diamine, proprio adesso che lo straniero derubato e deriso stava per subire l'ultima ingiuria!

«Mio signore» così ebbe inizio l'invocazione dell'innamorata, che si lanciò in una perduta dichiarazione d'amore in perfetto stile Harmony. Solo che allora Gutenberg non era ancora nato, il Kindle – figurarsi, meno che mai – era introvabile e le uniche frasi convenzionali che circolavano si collegavano alla tradizione orale del libro proibito della Bibbia. La ragazza disse qualcosa del genere: «Tu hai saputo riempire di dolcezza il mio cuore affaticato. Hai tramutato la mia malinconia in gioia. Hai dato un senso al mio peregrinare. Hai saputo trasformare ogni cosa intorno a me... Aveva ragione mia madre a dire ch'eri un mago... Ma adesso non m'importa più nulla: l'incantesimo è avvenuto, il prodigio non si può più fermare. Cogli pure dal mio roseto il fiore! Hai fame? Ebbene, se non sono mature nel giardino prendi le mele del mio seno acerbo». Eccetera, eccetera.

Quando la ragazza fu sul punto di invitare Chico a raccogliere dalle sue labbra il bacio dolce più del miele e a lasciarsi abbracciare ecco che rovinò tutto l'arrivo di Jovannella. La madre la strattonò e se la chiamò a sé. E così tutto svanì.

Con lo straniero rimase soltanto Pulcìna e insieme convennero che a volte una lunga passeggiata fa bene, perché porta ristoro alla mente e a tutto il corpo. Ma non certo a un cuore trafitto.

I due camminarono non so per quanto. In ogni caso furono sufficienti poche centinaia di metri perché le narici dello straniero avvertissero il campanello d'allarme.

«Sento un forte odore che mi è ben noto» esclamò guardingo Chico.

«Saranno le solite schifezze: io lo dico sempre che le strade di questa città sono piene di schifezze» ribatté Pulcìna, che provava a smorzare l'attenzione.

«No, l'odore non viene dalle strade. Piuttosto da quelle case. Lasciami andare a vedere.»

«Messere, non ti scomodare. Ci andrò io» disse quel bugiardo di Pulcìna.

«Ci vado io» concluse perentorio lo straniero, prima di sostare davanti alla soglia d'una porta dalla quale comparve una donna, con un tegame nel quale rimestava una sostanza rossa.

«Che cucini tu?»

«Maccheroni, vecchio.»

«Chi te l'insegnò, donna?»

«Jovannella di Canzio.»

«E a lei?»

«Ma perché me lo chiedi? Il servitore che ti accompagna sa benissimo chi è Jovannella.»

Chico ristette. Lo sguardo un po' assente. La testa tra le mani.

Per un attimo lo straniero si perse a inseguire tutte le rivelazioni di quella giornata: l'avevano circuito, questo era accaduto. E capì com'è vero che a volte in un'ora si comprende quello che non si afferra in un anno. Poi volse gli occhi, interrogativi, verso il servitore e Pulcìna confessò: «Perché io ci vivo con quella sciagurata. Ma tu mi devi credere, messere...».

Chico distolse lo sguardo da Pulcìna e chiese ancora alla donna: «A Jovannella chi lo insegnò?».

«Un angelo» disse ora contrita la donna. «Un angelo, dicono. Ma secondo me l'ha rubato. Comunque, come è andata e come è venuta, lei ne cucinò al re. Poi ne vollero i principi, i conti e tutta la città. In qualunque casa entrerai, o vecchio pallido e morente, troverai che si cucinano maccheroni. Hai fame? Vuoi mangiare?»

«No, addio» rispose lo straniero.

«Aspetta, padrone» disse il servitore, «però tu mi devi credere: Pulcìna e Nisida in questa storia non c'entrano.»

«Nisida, già. Ora capisco perché la ragazzina faceva la smorfiosa!»

Allora messer Chico si lasciò andare alla disperazione. Tornò nella sua piccola dimora e rovesciò tutti gli attrezzi che si trovavano a tiro: alambicchi, storte, fornelli, tegami, coltelli. Fracassò tutto. E prese a bruciare i libri di alchimia che aveva con tanta fatica comprato e studiato. Poi arrivarono le guardie del re e di Chico lo straniero per molto tempo in città non si seppe più nulla.

Se ne dolse Nisida, che in sincerità aveva preso a cuore lo straniero sin dal primo momento. Sin da quando tutti guardavano a lui con diffidenza e nei suoi gesti leggevano un fare sinistro, così, solo per partito preso e non perché lo avessero conosciuto.

Mentre lei no, lei ne osservava le movenze gentili. E poi quel viso che non si storceva mai in un'imprecazione, gli occhi che non si irrigidivano mai in uno sguardo torvo. E poi... poi come si fa a ricordare tutti i momenti e discernere quelli che, un gradino alla volta, le avevano catturato il cuore?

Quegli incontri fugaci al mercato e in strada. Sorrisi schietti, parole semplici fra i due...

Quei pomeriggi dei giorni di festa ad aspettare che presto fosse sera e poi mattina ancora, per rivederlo di nuovo...

E poi quelle notti d'estate, che dentro le mura non si dorme dal caldo mentre fuori... fuori c'era lui, lassù, sul terrazzino: ci andava a fissare qualcosa in fondo all'orizzonte e in alto nel cielo. A lei piaceva pensare che il suo cuore fosse affannato, alla perenne ricerca di qualcosa. Di cosa non sapeva. Ma qualcosa che gli creava affanno, preoccupazione, tormento. Qualcosa che era giusto cercare, scoprire, sognare. Perché Chico – sì, Nisida lo sentiva – lui era un giusto. Allora le veniva voglia di stare lassù, insieme a lui, ad ascoltarne muta i pensieri, i ragionamenti, le parole che si dicono quando sogni ad alta voce. Era questo l'amore?

Anche a Chico quella dolce ragazza ora mancava. Ma poi, quando arrivavano quei momenti di debolezza, subito ne allontanava il pensiero ricordando a se stesso che lei era stata la più infingarda...

Lo straniero era stato imprigionato e portato nella torre ovest di Castelnuovo, in attesa di chissà cosa: poteva mai aspettarsi un giusto processo nel quale difendersi?

L'accusa era stata congegnata ad arte per lasciare a Jovannella la paternità sulla prelibatezza apprezzata dall'Imperatore e sulle spalle dello straniero il sospetto di esercitare pratiche alchimistiche e stregonerie varie. Ma tutto questo l'imputato l'ignorava. L'imputato conosceva solo tre amare verità, delle quali la somma delle prime due aveva originato la terza: s'era fidato di un servitore infedele, aveva creduto al sentimento d'una ragazza bugiarda, infine si era lasciato rubare il frutto del proprio lavoro. Quali speranze, dunque, riporre nel futuro?

Dal canto loro, le belle 'mbriane – le quali spesso si recavano nella prigione di Chico a fargli compagnia – sapevano bene che i sinistri sospetti dello straniero erano del tutto infondati. E che piuttosto soltanto il nome accomunava la sincera Nisida alla giovanetta, donna di campagna, alla quale – secondo un'antichissima leggenda – era stato dato in dono la bellezza del corpo ma non quella dell'anima. Questa era una di quelle donne incantatrici, fredde e malvage che non riescono né a godere, né a soffrire: come fosse fatta di pietra levigata, dura e glaciale. Di una donna così si era innamorato un bravo e garbato giovane – proprio come Chico – per il quale presto il più nobile dei sentimenti si era trasformato in tormento e seduzione. Alla fine il giovane di nome Posillipo s'era lasciato precipitare nel mare, per finire tristemente proprio di fronte a lei: da una parte il poggio che si bagna nel mare, dove accorrono ancora allegre brigate e innamorati, dall'altra lo scoglio, destinato ad albergare ladri e omicidi.

Chissà perché le belle 'mbriane raccontavano questo a Chico. Per renderlo ancora più triste? Oppure per irrobustire la flebile speranza che un giorno, malgrado tutto, lo straniero sarebbe stato con lei per sempre, con la sua Nisida?

Non passarono invano quei giorni. Le lacrime della ragazza convinsero Jovannella al grande passo: «Basta piangere» disse la donna un bel mattino come soltanto certe madri di questa città sanno fare. «Da questo guaio saprò tirare fuori te e il tuo amato» annunciò con la sicumera di sempre: solo che ora l'arroganza aveva mutato obiettivi. Quindi le promise: «Confesserò il mio peccato al re, sperando soltanto che non mi faccia tagliare la lingua». Mentre Pulcìna aggiunse: «... e che non si riprenda le cento monete d'oro».

Jovannella raggiunse Castelnuovo e da lì la spiaggia dove cominciavano a essere accantonati dei mattoni di tufo perché si desse inizio ai lavori di restauro e di ampliamento della città come disposto dall'Imperatore. I carpentieri avevano innalzato una sorta di totem di pietra. Quando arrivò il re, accompagnato da un monaco e dal Conte sospettoso, Jovannella gli si gettò ai piedi: «Mio sire, ho mentito. E sono pronta a pagare. Ti chiedo pietà. Devi sapere che in prigione c'è un innocente».

Il Conte la incalzò: «Allora finalmente lo ammetti: l'angelo che hai tirato in ballo non c'entra niente con questa storia?».

«Certo, mio sire, è così. Non esiste nessun angelo e neppure un arcangelo che mi abbia insegnato a fare quei maccheroni divini.»

Federigo, serafico, rispose: «Ben lo sappiamo: è stato uno stregone!».

«Ma no, non è uno stregone» corresse Jovannella, tenero cuore di madre, «messer Chico glielo dirà. Lui non è un mago. È un brav'uomo che dopo tanti anni passati in cucina, ai fornelli, e a leggere libri, ha sperimentato una pietanza nuova e prelibata. Lui merita le cento monete d'oro, non io. Ma ascoltatelo, fate presto: ve lo dirà lui stesso, così tutto sarà chiaro.»

Ma il Monaco, che poi conosceva bene la donna – ricordate Frate Gioacchino? – precisò: «Ma se, invece, è uno stregone pagherà con la vita il prezzo della sua arroganza e della sua superbia...».

E il Conte puntualizzò: «Formulare insieme degli ingredienti che diano un impasto dalla pretesa di nutrire la divinità. L'ambizione di voler corrompere l'umanità intera, prendendola per la gola. Che scandalo! Che vergogna! Deve essere punito per questo».

Venne l'ora del processo. Come sempre accade si svolse in piazza, in un frastuono che non vi dico, alla presenza dell'Imperatore che a questo punto non voleva perdersi lo spettacolo. Frate Gioacchino poneva le domande, mentre la folla non capiva bene cosa stesse succedendo e ancora parteggiava per il mago, nella convinzione infondata che fare il contrario avrebbe significato mettersi contro una donna, contro una donna del popolo, contro Jovannella.

«Di' il tuo nome.»

«Mi chiamo Chico» disse mite.

«Chico il mago!» urlò la folla.

«Silenzio!» ordinò il Segretario. «Altrimenti tornate alle vostre case!»

Il Monaco riprese: «La povera vedova Jovannella di Canzio asserisce che sei tu l'inventore dei maccheroni».

«Lo dici tu.»

«Appunto, vogliamo la tua risposta.»

«Lo dici tu.»

«Ah, insisti, figlio del demonio.»

All'Imperatore non piacque quell'espressione, la trovò una bestemmia in bocca a un frate e lo guardò male. Ma il Monaco continuò: «Anni e anni di esperimenti, dunque. Sei forse un cuoco?».

«Niente affatto» negò Chico, con un sorriso.

«Allora sei un mago?»

L'interrogativo piovve come qualcosa d'atteso. Come qualcosa che tu sai che deve accadere. Perché l'uomo tante volte sa essere così grande. Ma tante altre alcuni uomini sanno essere così piccoli. E lo straniero era ben consapevole che prima o poi la domanda sarebbe arrivata. Ma sapeva anche che la calibratura della risposta, nel peso delle parole e pure dei tempi, era essenziale per rinviare la pusillanimità della domanda al mittente.

Trascorsero lunghi secondi, come se l'interrogativo rimanesse sospeso nell'aere. E poi, netta, piovve la risposta che quella domanda – a giudizio di messer Chico – meritava: «Dipende» disse lui serafico.

E ci vollero almeno altrettanti lunghi secondi prima che il Monaco riuscisse ad articolare il contraddittorio: «Da cosa?».

«Dipende da quello che monsignore...» provò a ragionare Chico, ma il Monaco voleva essere imperterrito: «Non sono monsignore».

«Non ancora?»

«Risponda!» disse il Monaco, inferocito.

«Dipende da quello che lei intende per mago.»

«Lei, per esempio, che cosa intende?»

«Il mago è colui che pratica la magia» spiegò lo straniero, come se stesse parlando della cosa più semplice che esistesse sulla faccia della terra.

«E che cos'è la magia?» chiese altrettanto netto il Monaco, illudendosi di essere arrivato ormai al nocciolo della questione e nella certa convinzione che qui l'avversario sarebbe crollato.

Ma Chico non diede scampo e davvero ora sembrava andare fino in fondo: «La magia si divide in sei specie. Il suo principio consiste nella spiegazione dei segni soprannaturali che Dio ha posto nel cielo, sì che pur sembrando naturali, sono riconosciuti tra gli altri segni, come lo fu ad esempio la stella che sorse a oriente di Betlemme...».

La piazza ammutolì: a tanti lo straniero sembrava convincente e molti di essi cominciavano a distogliere lo sguardo da messer Chico nel tentativo di cogliere l'imbarazzo nel volto del Monaco. Lo straniero imputato probabilmente avvertì la percezione e galvanizzato proseguì: «Quella stella stava tra le altre stelle, come Cristo che visse in terra come un uomo tra gli uomini. E come Cristo non fu riconosciuto solo dai re magi. I maghi sono dunque gli interpreti dei segni soprannaturali che stanno nel cielo, allo stesso modo come gli apostoli...».

«Sacrilegio! Costui è un sacrilego!» urlò il Monaco, non tanto perché convinto che l'avversario fosse caduto davvero in fallo, piuttosto perché intimamente infastidito da quei continui riferimenti alla Scrittura che avvertiva come un'invasione di campo. Come si permetteva costui di trovare un fondamento alle sue blasfeme dottrine in una simbologia che assolutamente non doveva appartenergli!

Ma messer Chico non voleva restare zitto e pronto al sacrificio estremo era disposto ad andare fino in fondo: «... come gli apostoli riconobbero Cristo, essendo eletti per compiere la sua parola: vi saranno dei segni nel sole, nella luna e nelle stelle. I maghi sono dunque anche degli interpreti dei profeti e della rivelazione apocalittica».

Il Monaco scuoteva la testa. Ma lo straniero si rivolse alla folla e continuò tenace, perché almeno qualcuno di loro intendesse: «Questa è la prima specie dell'arte magica, e si chiama magia dei segni».

«La seconda specie dell'arte magica» disse ora rivolto all'Imperatore che sembrava assorto, «insegna a formare i corpi viventi, come avvenne ai tempi di Mosè, in cui un corpo fu trasformato in un altro, benché quelle trasformazioni non fossero avvenute secondo il modo magico di cui adesso sto parlando: cioè si produssero magicamente sì, ma secondo i procedenti della quarta astronomia. Questa magia è della specie trasfigurativa, a somiglianza di Cristo che fu trasfigurato e divenne luminoso come il sole. Questa specie di magia si chiama precisamente magia trasfigurativa.»

«Basta!» interruppe il Monaco. «La bocca di questo sacrilego sta inorridendo i nostri orecchi. Sia messo a morte, vada al rogo il mago, visto che ammette d'essere mago.»

Alla folla, che era lì per quello, non parve vero che il giudizio precipitasse, a maggior ragione ora che i ragionamenti avevano raggiunto pieghe del tutto incomprensibili al loro udito. E tutti ripetettero: «Al rogo, al rogo, al rogo!».

Ma Piero, dopo uno sguardo all'Imperatore, sentenziò: «Basta, cacciate via questa gentaglia». E la plebe venne allontanata.

A quel punto scese in campo Federigo, che ordinò di far tacere il Monaco e chiese a Chico di continuare, soggiungendo: «Ve ne prego, messere».

E Chico proseguì: «La terza specie di magia insegna a formare delle parole che hanno lo stesso potere che il cielo conferisce alle piante. Così, ad esempio, tutto ciò che il medico sa estrarre dalle piante, questa specie di magia riesce a compierlo per mezzo delle parole. Infatti, quel che viene dato dall'ordine naturale può anche essere attinto dall'arte: e questa specie si chiama magia caratteriale».

Chico si fermò per un attimo ma il silenzio che avvertì d'intorno suonò per lui come un invito ad andare avanti. E continuò, con un sorriso sempre più marcato: «La quarta specie di magia insegna a fare dei Gamaheu...».

«Cosa sono i... Gamaheu?» chiese Federigo, che ascoltava con attenzione.

«Mio signore» rispose Chico, «sono delle pietre scolpite che compiono tutto quel che sanno fare gli strumenti naturali. Aprono le serrature come chiavi, feriscono come spade, difendono come corazze.»

Lo straniero si fermò e attese che Federigo acconsentisse a proseguire: «Sì, continua».

«Grazie. Questa quarta specie dell'arte magica sa rendere invisibile quel che la natura fece visibile, e si chiama propriamente gamaheos... La quinta specie della magia consiste nell'arte di fare delle immagini che diventano in tutto eguali agli uomini che sono contenuti in esse. Questa magia dunque è atta a compiere quel che può essere arrecato agli uomini in via naturale, ossia a renderli sciancati, paralitici, ciechi o impotenti; tutto ciò lo sa compiere anche la natura in modo naturale, come d'altra parte è in grado di risanare. Queste sono le arti della quinta specie della magia, che si chiama altera in altera...»

E Federigo ripetette come se provasse a mandare a memoria: «Altera in altera».

D'un fiato proseguì lo straniero fino alla fine: «La magia sa fare pure degli artifici tali che uno sentirà alzarsi una voce dal mare o stando in occidente riuscirà a parlare con chi sta in oriente. Mentre la natura arriva a far sentire una voce a cento passi di distanza, questa specie di magia è in grado di farla sentire a cento miglia tedesche. Il percorso che la natura fa compiere a una barca o a un cavallo in un anno, e quel che la natura compie nelle piante terrestri in un anno, essa arriva a farlo in un solo mese. E questa specie si chiama precisamente cabbalistica. Queste sei specie compongono l'arte magica, che gli antichi romani chiamavano arte sapientiae. A Saba, la città da dove provengo, in oriente e sull'isola di Jharsis quest'arte fu tenuta per la più alta sapienza che Iddio avesse concesso agli uomini nella loro vita mortale, e i saggi che ne avevano conoscenza erano chiamati maghi. Ogni altra sapienza mortale era reputata inferiore a quella, e la sola magia fu tenuta per scienza perfetta e insuperabile». Poi si fermò lo straniero: «Invece, vedo che qui...» e scosse il capo in segno di diniego.

Il silenzio fu interrotto dall'Imperatore, che solenne s'alzò e disse a voce alta: «Non vedo alcuna colpa in quest'uomo. Costui mi sembra un brav'uomo, un saggio, un sapiente. Su tutto il resto non mi pronuncio. Come ti chiami messere?».

«Chico è il mio nome.»

«Messer Chico, voglio che la tua vita sia salva e, ma soltanto se tu lo vorrai, chiedo che tu mi segua e mi sia vicino nel difficile compito di governare. Siamo attesi a Palermo. Te la senti?»

«Io sarei pronto. Solo che...»

«Solo che?»

«Vorrei sapere se ti è gradito che al mio seguito ci sia, diciamo, un'assistente.»

L'Imperatore disse di sì, mentre Piero gli sussurrava: «Sire, mio sire: andiamo via da questa terra maledetta».

Così accadde che Nisida e Chico si amarono ancora. E andarono via, seguendo l'Imperatore a corte a Palermo. Mentre la gente disse che quello straniero se l'era portato via il diavolo.

È tutto quello che so. Ma devo aggiungere ancora qualcosa: le 'mbriane che mi fanno compagnia in queste notti in cui riscrivo la leggenda sostengono che ci sia dell'altro.

Pare che nella casa di via Fontanelle, ancora oggi, dentro la stanzuccia del mago, alla notte del sabato, messer Chico ritorni a tagliare i suoi maccheroni, Jovannella di Canzio giri il mestolo nella salsa del pomodoro e il diavolo con una mano gratti il formaggio e con l'altra faccia soffiare il mantice sotto la caldaia. Ma diabolica o angelica che sia la scoperta di Chico, che importa? Ha fatto la felicità di tanti cristiani e nulla indica che non continui a farla ancora nei secoli a venire.

Gesùbambino

San Gregorio Armeno

Cerchi chi devi cercare, incontri chi devi incontrare.
Sono sempre i piedi che Dio muove per primi.
I re magi avevano menti aperte e piedi preveggenti.
Questa è la ragione che li ha portati alla Stalla.

Père Charles de Foucauld
(secondo Maggiani)

1.

Evelina arrivò troppo presto e lasciò che una lunga ora passasse nel caffè che distava poche decine di metri dalla sede dell'associazione. Sorseggiò tre succhi alla pesca che avrebbero mandato in subbuglio i succhi gastrici di King Kong e fumò le Winston con la stessa determinazione che aveva quando un medico le prescriveva una terapia.

Evelina era sola. Lo sguardo perso nel vuoto e il pensiero rivolto a Renato, che adesso sicuramente era appena uscito dalla piscina e avrebbe fatto storie con l'assistente per non farsi asciugare i capelli, fino a disperarsi come un bambino – nonostante i suoi ventun anni compiuti – e a gridare, prima che la psicologa, decisa, avesse provveduto a tranquillizzarlo, abbracciandolo forte forte a sé e poi tenendolo per mano. Fino a che non sarebbe arrivato anche il medico.

Qualcosa come un brivido la scosse e la distolse da quel pensiero.

Per dieci lunghissimi minuti Evelina lesse, e più volte, tutti gli avvisi che erano sparsi sulla bacheca. Ma lì non si poteva fumare. Prese allora a mangiarsi le unghie. E non le restava altro che guardare il grande orologio affisso all'ingresso dell'associazione, fissare la lancetta dei secondi che si muoveva così lentamente e alternare una nuova rilettura degli avvisi in bacheca. Mentre una segretaria restava, indifferente, a leggere un rotocalco.

Poi, cominciarono ad arrivare. L'appuntamento era per i genitori dei soggetti autistici. Ci si vedeva una volta alla settimana. E dopo tanti incontri nei quali Evelina aveva sempre ascoltato, senza spiccicare una parola, quello – lei lo sentiva – era il momento buono per vuotare il sacco e raccontare di quella pena del cuore che si chiamava Renato, di quella piaga che probabilmente – secondo quanto sostenevano gli psicologi – lei stessa aveva contribuito a creare.

Evelina si sentiva in colpa per la malattia di Renato. E, stavolta, voleva dire a tutti che proprio lei non avrebbe mai voluto fare quello che aveva fatto.

Voleva spiegare che adesso era pronta a non fuggire più.

Voleva raccontare le sue ragioni, non gli alibi – avrebbe puntualizzato – ma le ragioni. Come aveva visto fare tre anni prima dagli Alcolisti Anonimi, lei avrebbe preso il coraggio a due mani, avrebbe scandito con chiarezza il suo nome e il suo dramma – "Mi chiamo Evelina e sono la madre di un ragazzo autistico, Renato" – e avrebbe cominciato a risalire la china, rivelando di sé ogni cosa. Evelina era ormai determinata ad assumersi la colpa: in tutta sincerità ma anche nella convinzione che quello fosse il modo più breve per voltare pagina. Avrebbe detto proprio tutto, di sé, della felicità con Riccardo, poi delle paure, delle prime incomprensioni, della nascita di Renato, delle speranze, della cura amorevole che avrebbe voluto dare a quel piccolo. E poi degli austeri suggerimenti del compagno su come allevarlo, a partire da quella volta che il neonato, di notte, piangeva e lei stava per prenderlo tra le braccia, quando Riccardo le aveva detto: «Non farlo». Parole alle quali Evelina non aveva saputo opporsi, spegnendo poi la luce e tendendo appena il braccio fuori dal letto per lasciar dondolare la culla fino a che il neonato, esausto, s'era riaddormentato.

Evelina avrebbe detto tutto, della propria arrendevolezza e di quella distanza che, parallelamente, aumentava tra lei e l'uomo che aveva sposato, tra lei e il bambino. Avrebbe detto tutto per ricevere, almeno per una volta, il perdono che le era necessario per continuare ad andare avanti.

Evelina era stata bella e giovane. Aveva avuto un lavoro in banca e un marito. Aveva vissuto, e ci viveva ancora, in un appartamento proprio nel centro della città. Un appartamento splendido che all'improvviso s'era fatto vuoto.

Via San Gregorio Armeno, la strada dei pastori: dove gesùbambini, sangiuseppi e madonne fissano il trittico della devozione con Totò, Eduardo e Maradona. Tra muschi, fontanine, cavi elettrici, trasformatori, pezzi di sughero... praticamente un bordello di presepi, roba che solo l'inventore di Ikea saprebbe come razionalizzare. E forse neppure lui.

Giù le voci e i colori, su le atmosfere diafane d'una vita da pascià che sembrava lontana dalle preoccupazioni quotidiane.

Evelina viveva in uno di quei palazzi monumentali, che non sono così rari laggiù, di quelli di cui lei non sospettava neppure l'esistenza quando aveva imboccato l'ingresso dal vicolo così cupo, grigio e malandato. Poi si era inoltrata nel vasto cortile, quasi inciampava in un marmo che forse un tempo aveva fatto parte di un frontone. Poi aveva intravisto la tromba delle scale, anche quelle monumentali, e gli archi che si aprivano sui ballatoi. Si era affacciata: 'Madonna che vertigini', aveva pensato, mentre un gatto laggiù pisciava tra uno stemma di chissà quale famiglia nobile e i laterizi di un *opus spicatum*.

E lei era salita, fino a quando il mormorio della strada non era diventato che un lontano ricordo... E aveva immaginato che le case si aprivano dietro porte pesanti di mogano e serrature, i pomelli dorati lucidati a puntino: 'I filippini ci sanno fare, eh!', aveva pensato.

Ecco, in una di queste case dalle stanze larghe e alte attraversate da ampi corridoi era sbarcata Evelina, fresca sposa.

Lei si affacciava e lo sguardo era già oltre le cupole, dirimpetto le acque chete del porto, sulla destra le alture che da Mergellina salgono fin sopra a Posillipo e poi a svoltare come in un vortice verso il Vomero. Il mare luccicava e lasciava scorgere appena il profilo della sirena Partenope che si confonde con quello dell'isola di Capri. Affetti, soldi e vestiti non le erano mai mancati. Poi, era arrivato lui, Renato...

2.

Renato se ne stava in piscina, circondato ora dall'assistente, dalla psicologa e dal medico. Si sentiva bene con loro.

Spesso tornava con la memoria ai primi giorni, a quando li aveva conosciuti.

Fantasticava, immaginando di non essere capitato tra di loro per caso.

Fantasticava, pensando che loro tre dall'eternità l'avevano atteso venire da chissà dove.

Loro come i re magi, coraggiosi e audaci esploratori.

Lui come Gesù bambino, che attendeva e non parlava.

Già: re magi e gesùbambini, ne aveva visti lui salendo e scendendo via San Gregorio Armeno, ogni volta che usciva di casa, ogni volta che ci rientrava, con la pioggia e con il sole, quando il Natale era ormai vicino e c'era la necessità di comprare e quando ad agosto solo i turisti giapponesi se ne andavano per quel vicolo con le loro macchine fotografiche e in testa i fazzoletti uso muratore per difendersi dal sole...

Paolo, l'assistente, entrava nella mente di Renato non come colui che ora l'asciugava e si prendeva cura di lui, ma come un nobile scienziato, magari un astronomo, un uomo delle stelle.

Melania, la psicologa e pranoterapeuta, era percepita da Renato come un gran medico, persona capace di mettere con padronanza le mani anche nelle più difficili operazioni. Chirurgo sapiente, mentre lei l'abbracciava con forza e lui la mordeva e la graffiava fino a rassegnarsi.

E il medico, Piero, per Renato era una sorta di sommo sacerdote, allo stesso tempo solenne e amorevole quando gli parlava.

Loro come i re magi, coraggiosi e audaci esploratori. Così come riaffioravano nei ricordi di Renato sin da piccolo, così come se li era raffigurati quando Evelina gli rileggeva come fossero favole quelle pagine del vangelo.

Loro come i re magi...

Mentre la buona stella li metteva sulla buona strada, nonostante le perfidie dell'imperatore romano Tiberio e del re giudeo Antipa.

Alla radio avevano appena passato i titoli del notiziario e sul personal computer da viaggio stavo annotando con cura quelli più interessanti quando una nuova deflagrazione da chissà dove preannunciò funesta che anche quel giorno si sarebbe sparato.
Li conobbi in un'alba fresca di primavera.
Addosso e nei calzari la sabbia del deserto, chilometri e chilometri alle spalle. I tre saggi venivano da molto lontano, ciascuno abitava a un estremo del mondo. Melkon viveva nel palazzo di Persepolis, Gaspar veniva da Gerrha e Balthasar da Nagpur.
Erano tre uomini che possedevano in gran numero conoscenze preziose intorno alla vita dell'uomo, del cosmo e di Dio. Il primo sapeva scrutare nei cieli: astronomo, astrologo, astrofisico, nulla gli sfuggiva del mondo sopra il mondo; il secondo conosceva le scienze naturali, era esperto nella medicina ed era apprezzato come valente chirurgo; il terzo, infine, era padrone di tutti i segreti celati nelle Scritture, le profezie disseminate dall'Altissimo nella

storia dell'uomo le aveva tutte stampate nel cuore e sulle labbra. L'astronomo, il medico e il sacerdote conservavano saldo tra loro il fraterno vincolo dell'amicizia e della fedeltà. Nonostante la lontananza che li separava cercavano di non perdersi mai di vista. A causa di gravosi impegni di studio e di lavoro assai di rado s'incontravano. Epperò quasi sempre avevano la consuetudine di parlarsi attraverso i terminali del video mail. D'altronde era sufficiente digitare un codice, premere enter, perché Melkon potesse svelare l'ennesima scoperta fatta nei cieli a Gaspar, e così Gaspar con Balthasar e questi col primo, ciascuno rivelando le proprie novità e chiedendo quelle dell'altro. Spesso poi si verificava la possibilità di frequentarsi per giorni e giorni in occasione di congressi internazionali, come di recente era successo per l'ottavo Convegno sulla trasformazione della materia in flussi magnetici, tenuto a Ninive, e per le Settimane di studio sull'informatica di inizio millennio trascorse sul Monte Ermon. Soltanto poi una volta l'anno si davano un appuntamento prefissato nel corso del quale pure si scambiavano comunicazioni necessarie per le loro molteplici attività e tracciavano insieme prospettive comuni di ricerca da approfondire poi ciascuno nella sfera di propria competenza.

Il sodalizio in questa maniera cresceva, senza gelosie né invidie tra i tre sapienti.

Così accadde un giorno che, appena un mese dopo la Grande assise annuale, Melkon, l'astronomo, avvertì l'urgenza di mettersi al più presto in contatto con gli altri due saggi. Il collegamento fu allestito al solito contemporaneamente attraverso una rete di canali predisposti appositamente per questo genere di comunicazioni: tutti e tre furono in onda, come se l'uno fosse di fronte all'altro, da Persepolis, da Gerrha e da Nagpur.

Che una cometa sarebbe entrata in un'orbita visibile a occhio nudo dal pianeta, questo era stato assodato già da tempo e i tre ne erano perfettamente al corrente. Il dato nuovo, davvero sorprendente, era un altro e Melkon si affrettò a spiegarlo a Gaspar e a Balthasar: «Dai rilevamenti effettuati ho notato, amici, che la luminosità dell'astro è senz'altro superiore a quella preventivata e ai fenomeni analoghi registrati nel passato da altri studiosi. Aggiungerei inoltre che la coda della stella è spropositatamente lunga e più passa il tempo più aumenta: sarà l'effetto della progressiva diminuzione della distanza dal sole».

Dai toni grevi e cadenzati Melkon passò ad altri più distesi e annunciò: «Siamo davvero in presenza di qualcosa di eccezionalmente unico. Magica miscela di anidride carbonica e metano, acqua e gas, come un bolide questo straordinario astro ci viene incontro per darci ancora più luce di quanta non ne avessimo già dal sole».

«E questo è un bene?» con anticipo gli altri due saggi tirarono un sospiro di sollievo nell'esprimere l'interrogativo dal quale si aspettavano una risposta chiaramente affermativa.

«Certo che è un bene» riprese Melkon, «basterebbe dare uno sguardo a quelle orbite ellittiche morbide, poco allungate, che l'astro descrive intorno al sole, quasi come se Marduk non le perturbasse come accade di solito per una stella cometa.»

Due sospiri di sollievo in uno: «Allora è per un motivo lieto che ci hai chiamato» Gaspar e Balthasar sorrisero ed esclamarono insieme, «grazie, amico, vorrà dire che quando guarderemo al cielo avremo da pensare che tanta luminosità non è presagio di uno scontro tra l'astro e il pianeta, ma è il segno dell'eccezionale prodigio che accompagna il cammino di questa cometa».

«Sì» sussurrò appena Melkon. Sorrisero ancora una volta gli altri due. Ma con forza e determinazione quegli riprese: «Direi di più. Qui sta accadendo qualcosa di straordinario che non può essere taciuto. Questo è un prodigio che va analizzato con maggiore scrupolo. Mettiamoci alla ricerca. Avvertiamo la comunità scientifica internazionale. Attiviamo il mondo intero se è il caso, comprese le reti di informazione globale. Chiediamo al dominatore della terra che siede sui Colli di poter avere altre delucidazioni».

In quel tempo il tiranno Tiberius, che asseriva di appartenere alla stirpe solare, notoriamente appassionato corridore alla guida di macchine aerospaziali e soprattutto chiacchierone dissertatore di argomenti di astromanzia, sembrava essere in grado di aiutare i tre saggi a capire meglio quanto quel prodigio fisico potesse significare. «E se fossimo alle soglie di una trasformazione di tutto l'universo?» avrebbero voluto chiedergli Melkon, Gaspar e Balthasar.

Sarebbero partiti, conclusero i tre sapienti. Ciascuno nel suo palazzo infilò il corridoio di compensazione, poi la camera del passaggio di stato e in un attimo – tre secondi e sette centesimi dopo – furono tutti alle porte del palazzo imperiale.

3.

Renato era arrivato in un giorno di primavera, otto mesi prima che lui nascesse. Evelina ricordava tutto di quella mattina. Alle spalle appena un mese dal matrimonio e trenta giorni di buone intenzioni: bambini? "Ci penseremo fra due anni", diceva. E invece no, l'aveva cercato subito.

«Siamo così piccoli e facciamo cose tanto grandi» Riccardo le disse, meravigliato più che preoccupato. Seduti l'uno di fronte all'altra, avevano già bevuto due tazzine di caffè a testa. Fuori la finestra di cucina la primavera, dentro pure. Gli occhi ancora fissi a guardare le due barrette azzurre su fondo bianco appena impresse sul test di gravidanza. Stavolta non c'erano dubbi, e sembravano esserne contenti.

«Donne incinte: il fumo nuoce alla salute del vostro bambino» lesse Evelina ad alta la voce la frase scritta in basso, sul pacchetto di Winston. Lei – accanita fumatrice – ci scherzava su, un po' infastidita, ma ben consapevole che quelle parole, per la prima volta dirette proprio a lei, non le avrebbero lasciato facile scampo. Aspirò ancora. Poi, sorrise e voltò il pacchetto. Di qui, il consueto "Nuoce gravemente alla salute" la rassicurò quasi.

Alle 6.50 era suonata la sveglia. Sebbene Clearbleu Monofase promettesse assoluta attendibilità del risultato (99,9% c'era scritto) anche a esame realizzato nel corso della giornata, Evelina si era intestardita nell'aspettare la pipì del mattino. Così, quando suonò la sveglia Riccardo si sentiva già il classico padre in attesa, a inspirare aria confezionatagli apposta dalla Philip Morris, ad andare su e giù in quella casa che rimase sempre troppo grande per loro.

Evelina, momentaneamente, aveva messo via le sigarette. Riccardo era diventato più premuroso come tutti i bravi mariti e papà. E aspettarono.

Poi, Renato era arrivato e subito aveva preso a crescere, come uno di quei titoli che appena sbarcati in borsa schizzano in alto perché il nuovo ispira sintomatica fiducia, almeno fino a quando non costa niente.

Evelina annotava tutto. Il primo giorno Renato pesava 3 chili e 600 grammi, tre giorni dopo 3 chili e mezzo. Evelina non aveva avuto il tempo di allarmarsi per quei 100 grammi che mancavano, perché il pediatra le aveva preannunciato il calo fisiologico. Poi, due settimane dopo, di nuovo 3 chili e 600; tre settimane, 3 chili e 900; quattro settimane, 4 chili e 250; cinque settimane, 4 chili e mezzo; sei settimane, 4 chili e 800; sette settimane, 5 chili e 100; otto settimane, 5 chili e 300; nove settimane, 5 chili e 600; dieci settimane, 5 chili e 800 grammi.

Renato era arrivato e sembrava un bambino perfettamente sano. «Con le braccine e le gambine» ironizzava Riccardo, prendendo in giro Evelina che subito dopo il parto, appena tornata in camera, dalla lettiga le aveva chiesto: «È sano? C'è tutto?».

Renato era arrivato e ora cresceva, «Nonostante te» sfotteva pure lei, scherzando sulla maniera goffa con cui Riccardo – assai di rado, per la verità – provava a tenere tra le braccia quel fagotto di carne avvolto in un angolo di lenzuolo.

Renato cresceva e c'era chi si prendeva cura di lui, mentre Evelina aveva ripreso il suo lavoro in banca e Riccardo era tornato alle sue dieci ore tutte di filato fra il tribunale e lo studio.

Sano e bello, come si dice di tutti i bambini, Renato era lì, in mezzo a loro, al centro dei discorsi, in cima alle loro stesse ambizioni. Manco si reggeva in piedi e per il papà era già un giovane promettente avvocato, che l'avrebbe aiutato a disbrigare le pratiche, mentre per la mamma – meno lungimirante – per ora era ancora un aitante e valido studente alla

Sorbona di Parigi, spalle larghe, bacino stretto e circondato da belle ragazze.

Renato era lì, sentiva che parlavano di lui, e nel box ogni tanto sospendeva i suoi giochi, tendeva le braccine verso la mamma. Riccardo accennava un gesto quasi intimidatorio ed Evelina, per non lasciarsi cogliere in fallo dal marito, lo preveniva dicendo ad alta voce: «No, in braccio no». Renato tornava alle sue chiavi della Chicco e i due ai loro discorsi.

I mesi passavano, qualche segnale della malattia già cominciava ad arrivare, Evelina osservava ma non trovava risposte.

La prima volta che ne parlò con il pediatra, Renato aveva due anni e mezzo. Il dottore ascoltò. Le paure di Evelina nascevano dal confronto che aveva fatto tra il suo e i bambini delle sue amiche. Il dottore ascoltava quasi infastidito.

«Dottore, ascolti. Renato non parla.»

«Ci metterà più tempo, evidentemente. Non si preoccupi.»

«Ma gli altri già formulano delle espressioni, se non altro sillabe.»

«Non sono mica tutti eguali i bambini. Non se ne dia pensiero, signora.»

«Ma come?»

«È così.»

«Ma lui spesso non partecipa, sembra assente.»

«Avrà altri interessi.»

«Certe volte pare che non senta proprio nulla.»

«Pare, appunto.»

«È sordo il piccolo mio?»

«No.»

Evelina tornò a casa un poco rasserenata. Ne discusse ancora con Riccardo. Lui la tranquillizzava e rispondeva: «Ti pare che al medico possa sfuggire qualche cosa che, invece, tu riesci a cogliere?».

«Io sono la madre.»

«Che c'entra?»

«Ci vivo io con il bambino.»

«Che c'entra? Se è per questo anch'io ci vivo insieme. Ma non noto le cose che vedi tu. Calma. Stai calma.»

«Ma...»

«Hai una laurea in medicina, tu?»

«Perché? Tu ce l'hai?»

«No, non ce l'ho. E per questo pago il conto del pediatra. Ora andiamo a dormire.»

Ed Evelina anche quella notte dormì.

Passavano i mesi, Renato cresceva, le cose non cambiavano ed Evelina era agitata. Questa volta cominciò ad annotare i progressi che registravano i bambini delle amiche. Elaborò una sorta di piccolo dizionario che volle mostrare al pediatra.

«Ascolti, dottore.»

«Dica, signora.»

«Loro, gli altri, dicono già "denna" per accendere, e si riferiscono a ogni cosa, elettrica e non: tivvù, lavatrice, ma anche il fornello del gas e l'accendisigari. Poi, dicono "bomma", riferito innanzitutto a una cosa che cade, ma pure a qualcosa che colpisce, anche una ferita può essere "bomma". E "mimì" è il lumino della notte. "Bebé", l'acqua, dunque il mare, la doccia, il bagno, lo shampoo, la bottiglia di minerale, il biberon, il bicchiere. Quando fanno "mmm" indicano una macchina, oppure un aereo, e tutto ciò che si muove e fa rumore.»

Il pediatra disse: «Signora, mi creda: va tutto bene».

«Ma Renato sembra che non si sia...»

«Signora...»

«E mi lasci finire! Quando lo prendo tra le braccia e lo stringo, sembra non sia capace di stare avvinghiato a me.»

«Mi consenta: lo vede, signora, lei dice sempre "sembra, sembra". Ma io le dico: non è. Il bambino è sano come un pesce. È così vispo, è così agile e ama tanto il movimento, da come mi racconta. Le sue sono preoccupazioni eccessive. Comunque, le indicherò dei farmaci.»

«Allora, lo vede che ho ragione?»

«Guardi che i farmaci li prescriverò per lei, non per il bambino» e sulla ricetta il medico scrisse a chiare lettere il nome di un sedativo.

La triste conferma che il pediatra si sbagliasse giunse quando Renato compì quattro anni ed Evelina si decise che, nonostante le difficoltà, era il momento di tentare l'ingresso nel mondo della scuola. «Vedrai» le disse un'amica, «questo bambino che tu ora proteggi all'infinito conoscerà tanti altri bambini, ci giocherà insieme, li sentirà parlare e fra un po' tutte queste tue preoccupazioni ti appariranno solo come un incubo passato».

Evelina vinse la solita resistenza che stava in un fatto: a Renato non piaceva affatto uscire di casa, anzi allontanava i coetanei e tutte le persone che gli si avvicinavano. Ma ora Evelina cercava, con quella determinazione che solo le madri hanno, il bene del suo piccolo.

Alla materna videro Renato e suggerirono presto una visita neurologica. Arrivò la sentenza. Il bambino era autistico. Cosa voleva dire? No, non era uno stupido. Anzi, avrebbe conservato la sua intelligenza già spiccata. Forse non avrebbe mai parlato, sarebbe sempre rimasto attaccato al suo ambiente, ai suoi giocattoli come alle cose della sua casa. Non sarebbe mai stato una persona socievole e non avrebbe mai avuto un'esistenza normale, nonostante alcune spiccate attitudini, come alla manualità e come al fare di conto. Sarebbe stato un diverso. Per tutta la vita. Non c'era un perché, spiegava il neurologo. E non esisteva una terapia di sicuro impatto e successo. Alcune scoperte nel campo della biochimica lasciavano sperare. Ma i progressi della medicina – nei casi migliori – sono sempre talmente graduali.

Evelina ne pianse: prima da sola, poi con Riccardo. Il marito ora provava a spiegarle che sapeva di casi nei quali la guarigione era stata spontanea, e grandi matematici, grandi compositori erano venuti fuori, a dispetto del male. Evelina pianse, poi cercò di calmarsi per andare da lui e prese in braccio Renato. Lui quasi non se ne avvide, mentre il papà – come al solito – diceva: «Mettilo giù. Che vuoi fare? Vuoi che scopra tutto?».

«Che non è normale?» gli urlò Evelina, davanti a Renato che ora sembrava impaurito.

«È normale, lui.»

«Che vuoi dire? Che sono io inadeguata al compito di fare la madre?»

«Tu l'hai detto.»

Trascorsero mesi di angoscia e di litigi.

Poi, arrivò anche una speranza che rimase in piedi per tre lunghi anni. Un'assistente sociale della scuola aveva notato che, pian pianino, Renato aveva imparato – grazie a lei – a risolvere i puzzle. Risultato? Per tre anni, dalla mattina alla sera, il piccolo, a prezzo di sacrifici e urli, non fece altro che puzzle. A scuola con l'assistente e a casa con Evelina, che ormai aveva ridotto la durata della propria giornata lavorativa optando per il part-time, per avere più tempo da dedicare a Renato. Mentre Riccardo restava imperterrito a fare le cose di sempre e a disperare, da lontano, per la sventura che si era abbattuta sulla loro casa. Quel figlio ammalato: «Che pena!», «Che vergogna!», «Chi se lo sarebbe mai aspettato!», «Ma perché proprio a noi?».

La terapia era del tutto sbagliata, tuonò un altro specialista qualche tempo dopo. Quella del puzzle è un'attività di tipo meccanico: Renato riesce perché ripete dei gesti. Ma i suoi livelli di apprendimento restano sempre uguali.

Era la fine, il buio, il tunnel.

E scoppiarono nuove liti tra Evelina e Riccardo. Mentre Renato cresceva, ma non cresceva.

4.

Invano cercarono Tiberius nella Capitale. Ma il dio e il dominatore della terra da circa quattro anni se ne stava a Villa Jovis, isola perduta del peccato e della immoralità, beato lui, passando dalla piscina al letto e dal letto alla tavola. Non voleva essere disturbato, aveva per questo designato un procuratore che facesse le sue veci nel governo dello sterminato impero. I tre sapienti, quando le guardie glielo pronunciarono, non capirono neppure bene il nome di quell'uomo al quale avrebbero dovuto rivolgersi. Un cavaliere. Ritennero che non fosse la stessa cosa. E si poteva dare loro torto? Un esperto di stalle che ne avrebbe saputo mai di stelle?

E tornarono ai palazzi, Melkon, Gaspar e Balthasar: prima rimasero amareggiati, poi si sentirono incoraggiati da una considerazione fatta con molta umiltà, ma anche con molto senso pratico da Balthasar. Il ragionamento era pressappoco questo: «Lasciamolo pure perdere quel tiranno di Tiberius. Se pure fosse autentica la sua discendenza solare, cosa può mai aggiungere al nostro sapere quell'intelletto ormai oscurato dall'inoperosità? Saremo noi gli attenti scrutatori del cielo, della cometa e di quello che deve venire, se qualcosa mai accadrà».

Parole che infusero fiducia e che trovarono conferma. Qualche giorno dopo, infatti, proprio il sacerdote diede lo start al videomail per dare agli amici, con accento moderatamente soddisfatto, il lieto annuncio: «Gaspar, Melkon. Ho trovato. Dobbiamo cercare altrove: altro che la Capitale».

«Ma cosa cerchiamo?» domandarono Melkon e Gaspar. E Balthasar di rimando: «Vorrete dire: chi cerchiamo? Cerchiamo l'infante. Secondo la profezia, la terra di Giuda darà i natali al capo che guiderà il popolo di Dio. Come ho fatto a non pensarci prima? È lì che dovremo andare».

«Quando?» chiesero gli amici; Balthasar rispose: «Non lo so, dobbiamo aspettare. Ma l'infante arriverà, ve lo giuro. Dio se arriverà».

Attesero poche ore in verità perché quella sera stessa mentre Melkon, al videogiornale dell'elaboratore, apprendeva le ultime notizie ecco che da una directory non meglio precisata comparve un messaggio che disturbò la trasmissione delle informazioni e che recitava più o meno così: «... Per noi ha fatto sorgere un Salvatore potente tra i discendenti di Davide... E tu, figlio mio, diventerai...». Il flusso si interruppe, ma stavolta l'indirizzo era chiaro. Era il 20 di Tishri e i tre credettero che finalmente era arrivato il tempo, mentre dall'alto l'astro illuminava le tenebre.

I tre sapienti si calarono ancora una volta nelle camere di trasformazione. Via all'energia e si trovarono in Giudea, dove quando chiesero del principe si sentirono rispondere che il re Antipa non aveva figli maschi, ma che comunque sarebbe stato lieto di incontrarli. Cosa che effettivamente avvenne, con grande cortesia da parte del tiranno giudeo...

Una volta giunti a Jebus subito i tre si erano messi in cerca di Antipa. Un po' per ingenuità e un poco per esigenze di carattere diplomatico i tre saggi s'avviarono a omaggiare il re dei Giudei, dimentichi d'un particolare non del tutto irrilevante. Ma quale poteva essere mai lo stato d'animo del tiranno che si trova ad accogliere degli ospiti venuti da paesi tanto lontani per adorare qualcuno che le Scritture indicavano come il nuovo re dei Giudei, cioè come colui che lo avrebbe spodestato prima o poi?

La sorte volle che l'incontro dei tre ingenui fosse rimandato. L'Antipa era affetto da una fastidiosa febbre. Melkon, Gaspar e Balthasar furono invitati a ritornare dopo qualche settimana.

I giorni avanzavano. Le sponde del Mar Morto si offrivano come ospitale ricovero. Lì si fermarono aspettando che la salute di Antipa raggiungesse una forma migliore.

Il deserto e le sue noie. Presto, come già era successo tante altre volte, sulla sabbia distesero un enorme drappo quadrettato, colorato di bianco e di nero. Sessantaquattro caselle perché trentadue uomini si muovessero – come comandati da due strateghi e burattinai – e il passatempo più lieto fu per molti giorni a loro disposizione. Lunghi confronti nelle giornate autunnali che ancora conservavano il calore della passata stagione.

Gaspar e Balthasar erano abili giocatori di scacchi, profondi conoscitori del gioco quanto della psicologia che è pure indispensabile per battere un avversario.

Si misero a giocare i saggi.

Alfiere bianco contro torre nera; cavallo nero contro la regina bianca. Pedoni, mesti nei limitati e imbrigliati movimenti, quasi afflitti dal dover fare da avanguardie, così inermi, cieche contro le schiere nemiche, gettati subito nel cuore della pugna, senza una lama, senza un cavallo. E poi alfieri scalpitanti di incrociare su e giù per magiche diagonali; cavalli, bizzarri, astuti e sempre inaspettati, improvvisi e determinanti sicari e tenaci difensori; le granitiche torri, impacciate nelle loro discese per rette perpendicolari a se stesse; le due regine, poderose e onnipotenti così come soltanto le mogli dei governanti sanno esserlo... al punto tale da ridurre i mariti alla condizione debole e vacillante di mariti di governanti. Infine due re, incapaci, da soli, di offendersi l'uno con l'altro, ma sagaci sostenitori dei propri uomini che li sostengono.

Melkon osservava di lontano la scena, calpestando lentamente l'esiguo bagnasciuga del lago. Si chiedeva da dove mai sarebbe arrivato l'infante, quest'essere eccezionale di cui la stella gli parlava ogni sera. E perché poi sarebbe dovuto arrivare? Certo per liberare quelle terre, del tutto o quasi soggiogate al potere di quel Tiberius, azzardava a immaginare. Magari per fare proprio di Jebus la capitale dei millenni a seguire.

«Gaspar, ma ci pensi?» all'orecchio di Melkon arrivò la considerazione di Balthasar. «Le torri non si muovono mai e, anche se il loro utilizzo è decisivo, andare a muoverle subito significa compromettere l'intero assetto strategico difensivo.»

Quando li vide, Antipa ebbe chiaro il concetto che quei tre avessero sbagliato portone e disse tra sé: «Che ingenui, che stupidi: non cercavano né me, tantomeno un figlio nato da donna per mio conto. Cercavano l'infante che cerco pure io. Proletario sobillatore che striscerà ai miei piedi. In Israele non c'è altri capi che gli Antipa. E quell'astro lassù brilla per me che dovrò resistere alle voglie di Tiberius e alle aspirazioni dell'infante».

A Melkon, Gaspar e Balthasar non piacque in niente Antipa. E più volte ripensarono ai suoi occhi cattivi, e poi a quel modo di fare così insolente, sgarbato: «Ma quale infante cercate?» aveva domandato con arroganza. «Il capo dei Giudei sono io. La vostra stella? Brilla per me» aveva concluso tracotante il giudeo. La sera i tre sapienti si ritrovarono in silenzio.

L'incontro, dunque, si concluse in un altro nulla di fatto: poveri i tre amici e sapienti, maldestri decodificatori di segni e di deduzioni errate. Quando capirono di avere sbagliato ancora una volta il luogo, di avere confuso le persone e il tempo, erano già ritornati, mesti, alle loro abitazioni.

5.

Riccardo se ne era andato quando Evelina era "scoppiata" e i nervi avevano ceduto di fronte a quell'ulteriore sentenza che mortificava, senza alcuna prova d'appello, tutti e tre.

Riccardo andò via, le lasciò l'appartamento e quel figlio, sette anni e una malattia che Evelina non era mai riuscita a gestire. Per colpa sua, diceva Riccardo. Per colpa dei medici, si difendeva in lacrime lei.

Poi, le cose peggiorarono. Evelina aveva affidato il piccolo alle cure dell'associazione ed era precipitata in una solitudine che le costò cara. Prima la droga, poi l'alcol. Evelina ormai, avvertendo di essere incapace, inadeguata – come diceva Riccardo – aveva delegato ogni preoccupazione allo staff dell'associazione. E cominciò a perdersi.

Prima perse la dignità, poi il lavoro. E malediceva ora quel figlio, con cui divideva le serate, passate davanti alla televisione a far finta di guardare i programmi, aspettando che lui si addormentasse, per poi fumare erba e per bere Corbieres.

Passarono i mesi e ormai la sera Evelina non faceva neppure finta di vedere la tivvù: si rinchiudeva nella sua stanza da letto, fumava e beveva, beveva e fumava, fino a quando Renato – restava per ore da solo – non si lasciava andare vinto dal sonno e lei usciva dalla stanza, quindi lo metteva a letto, gli piangeva accanto, per tornare poi ai suoi oppi.

Sempre più frastornata al mattino, sempre più nervosa, Evelina perdette presto il posto di lavoro. Non è un problema, disse lei, pensando a quello che Riccardo le passava a fine mese. Diventavano un problema, invece, i cognac e gli acidi che cominciavano a crearle serie difficoltà anche nella convivenza con Renato.

Furono mesi bui, fino a quando un'amica, Giovanna, non provò a farle capire che avrebbe dovuto pensare un po' a sé.

Allora accadde che le parlarono degli Alcolisti Anonimi. La prima volta lei ci rise su: «Sono diventata una spugna, eh?». E a Giovanna, studente in psicologia, che insisteva, lei ribadì: «Non ci andrò mai. Che sono, cattolici? Che sono, preti e suore? No, non voglio vedere nessuno e poi adesso non credo più in niente».

Giovanna provava a persuaderla e le parlava di quel gruppo dove lei prestava tirocinio, spiegando come si svolgevano le riunioni, chi ci partecipava e come – attraverso la condivisione di quelle amare esperienze – si potesse giungere al superamento e, magari, al successo.

Evelina rifletteva. Aveva difficoltà ad accettare d'avere toccato il fondo a tal punto da dovere frequentare gli ubriachi per uscire dal torpore e dalla rassegnazione nella quale era precipitata. Ma, ora che tutto era perduto, forse valeva la pena mettersi in cerchio, affiancare e guardare in faccia tante altre Eveline, per capire, non già per vincere, ma almeno per comprendere.

In fondo Renato meritava tutto questo.

E quand'anche lei avesse fallito ancora, le sarebbe servito a espiare. Cosa? Non lo sapeva più neppure lei.

Evelina ci andò dagli Alcolisti Anonimi, per Renato lo fece. E molte volte assistette ferma, inerte, a quelle lunghe riunioni nelle quali tutti parlavano, dicevano il proprio nome, confessavano: «Sono un alcolista» e raccontavano di bottiglie vuote, dei mal di testa, del sonno, dell'irascibilità, dell'incapacità di fare quello che avrebbero voluto, dei danni al fegato e alle famiglie.

Ma Evelina proprio non riusciva a venirne fuori e la sera tornava ai suoi oppi, mentre Renato restava tranquillo e solo davanti al televisore o allo schermo del pc, dove imparò a scrivere per ore di quello che gli passava per la testa.

Fino a quando non toccò a lei. Provò a dire qualche bugia. Bugia, poi. Forse è una parola troppo grossa. Più che menzogne erano incongruenze, robe che uno che c'è passato le sgama lontano un miglio. Alcuni del gruppo subito se ne avvidero. E il più intransigente, Maurizio, arrivò perfino ad arrabbiarsi: «I tuoi occhi non sono sinceri. Bevi, ti fai, ti senti sola, non c'è nessuno che t'abbraccia e non hai neppure la forza di ammetterlo davanti agli altri. Ma perché vieni fin qui a perdere tempo, il tuo e il nostro? Eh?».

Evelina scoppiò in lacrime. Maurizio s'alzò e fece per abbracciarla, ma lei urlò, si divincolò e scappò via.

Giovanna era contenta. Sapeva che Maurizio aveva vinto lì dove nessuno aveva neppure provato. E la sera andò da lei. Evelina appariva serena, leggeva qualcosa di Ray Carver quando Giovanna bussò alla porta. La fece entrare, la invitò a sedersi, si accomodò di fronte a lei sulla spalliera del divano, rimandò indietro i capelli avvolgendoli sopra l'orecchio: «Stasera ho capito ogni cosa. No, non dirmi niente. Ho sbagliato tutto. Colpa di Riccardo. Ma soprattutto colpa mia. Ho lasciato crescere mio figlio peggio di come si fa con gli animali. Da solo, in un box, come davanti al televisore e al pc. Non ho fatto niente per lui. Ma ero stanca... E quando

Riccardo mi suggeriva di non tenerlo in braccio, io mi rassegnavo e rinunciavo a fare la madre».

«La teoria del trattenimento: Donald Winnecott» sussurrò quasi sovrappensiero Giovanna.

«Come?»

«Niente.»

«Mente Renato non mi sentiva più e io lo tenevo chiuso in casa e lo condannavo alla malattia.»

Giovanna l'interruppe: «Ora devi cercare di fare qualcosa di più. Non serve dire: ho sbagliato».

Evelina le corse tra le braccia: «M'arrendo. Non volevo capire. Lo sai? A volte per ore quei tre, in associazione, stanno ad abbracciarlo il mio Renato. E lui urla, strepita, morde, graffia. Fino a quando loro non l'hanno vinta».

«Provaci anche tu» disse Giovanna.

Evelina corse di là, ma Renato dormiva.

Mentre Giovanna ripetette ancora a se stessa: «Grande Winnecott: trattenere a sé, abbracciare, fargli sentire che ti appartiene...».

6.

Le giornate trascorrevano e la soluzione non arrivava. I tre aspettavano. Il videomail era muto, mentre Melkon scrutava il cielo, Balthasar consultava le Scritture e Gaspar si sforzava di capire se il segno fosse da cercare altrove, tant'è che più volte in quei giorni lo videro a bordo di un aviogetto attraversare la Via Lattea. Ma che diamine pensava di trovare tanto lontano?

Se lo chiese anche lui quando, stanco delle escursioni spaziali, infilò la tessera magnetica nella serratura della porta dell'appartamento privato e poi, dopo avere sistemato alla meglio le sue cose sulla consolle dell'ingresso, si adagiò sul divano. Telecomando in mano, fece partire un lungo zapping nel corso del quale Gaspar si pose, nell'ordine, una serie di interrogativi. Cosa cerchiamo di tanto inusuale per le nostre esperienze? E perché tutta questa confusione? Quale scoperta ha talmente cambiato il mondo e modificato la comprensione delle leggi della natura da meritare tanti affanni?

Lo zapping, intanto, andava avanti. 'Come al solito non c'è nulla di interessante neppure stasera in tivvù', rilevò Gaspar, alzandosi dal divano e ricordandosi d'avere una fame da lupi, grazie a una reclame dei nuovi hamburger fatti con la carne sintetizzata in laboratorio da un resto fossile del Pliocene: 'Doveva essere un tirannosauro', pensò. Andò nelle cucine, rimuginando ancora: 'Non danno mai niente in tivvù e dobbiamo consolarci con quello che passa il convento se non vogliamo arrenderci all'arroganza della pay per view'. Aprì il frigorifero e scoprì che c'erano soltanto due uova di pterodattilo scadute da nove giorni: 'Anche qui non c'è mai niente. Naturale, non ho fatto la spesa. E nel frigo, si sa, se non ci metti niente, niente trovi'. E proseguì, quasi distratto, a ripetere quella frase per quindici volte: «Se non trovi niente è perché non c'è niente».

Sembrò appagato Gaspar da quella lunga e malinconica filastrocca, quando raggiunse il divano, riprese stancamente il telecomando e lasciò andare ancora una volta le dita sui pulsanti. Ma all'improvviso s'alzò di nuovo e tornò nelle cucine di corsa: «Se non trovi niente è perché non c'è niente... ma anche perché quello che c'è nasconde quello che cerchi, che poi a sua volta ti si rivela soltanto quando hai fatto un po' di silenzio nel caos che ti prende». E fu così che Gaspar, dietro la confezione delle uova di pterodattilo scadute, rinvenne una scatoletta di formaggi alle erbe con scadenza bimillenaria che divorò con voracità, prima di innaffiare la gola con una bevanda gassata al vino e al miele, e prima che vibrasse il terminale del videomail.

«Intervento urgente, intervento urgente». Era ancora assorto nei suoi pensieri quando Gaspar si ritrovò nel corridoio di compensazione e si lasciò trasportare in ospedale dove era atteso per un trapianto di organi.

Bisturi, pinza, tronchese, scalpello, forbici, garze. E Gaspar con la mano sapiente separava carne da carne, mentre con la mente si ripeteva: 'Trovi quello che c'è'.

L'intervento stava per finire. Gaspar stava liberando il muscolo cardiaco da una selva di condotti di natura imprecisata. Finì, alzò in alto il cuore ed esclamò a voce alta: «Ecco perché questo giovane era morto». E poi aggiunse sussurrando tra sé, felice: «E per quanto tu cerchi, e sai cercare, vedi che finisci per trovare soltanto quello che ti si rivela. A meno che...».

Nella notte, poi, finalmente un grido di gioia si levò: «A Efrata, a Efrata» ripeteva Balthasar, gettando in aria il disco di memoria sul quale erano registrate le Sacre pergamene ispirate e abbassando tutte le leve che innescavano il power dell'elaboratore, «sì, cerchiamo un principe, ma altro che quell'Antipa. Lui non c'entra, non nasce da lui il principe che cerchiamo e non è certo lui l'evento che la lucentissima stella vuole indicarci». Era il 15 di Nisan.

Partirono in una notte di luna piena. L'incostante e mutevole Nabu disegnava, nel cielo, geometrie favorevoli al lungo viaggio e Isthar non taceva mentre Marduk, benigno, si avvitava in orbite assai suggestive a guardarsi.
La luna malinconica – Sin la chiamavano – se ne stava lì, immota, mentre le altrimenti oscure potenze siderali rivelavano la parte migliore di se stesse, senza fastidiose siepi di nuvole. E raccontavano storie...
I tre scelsero il cammino più lungo. Le carovane si mossero, ricche di uomini e di donne, nella penombra. Il cuore in gola per il terrore di fiere e predoni che i deserti generosamente sono soliti offrire ai viandanti, l'occhio sempre teso verso il cielo per leggere negli astri la fiducia nelle cose future che stavano per compiersi.
I loro padroni sovrani avevano detto che non c'era proprio nulla da temere; la primavera, poi, non era avara e, seppur con iniziale parsimonia, distribuiva odori e sapori nuovi, piacevoli da gustare nelle notti. Favori di stagione che – facevano notare i più restii – rendevano proprio per la medesima ragione la via della Palestina ancora più pericolosa.
Melkon, Gaspar e Balthasar non avevano paura invece. Soltanto la gente ignorante, del resto, può aver paura d'ogni cosa e d'ogni male. Ma per la gente quei tre non erano altre che indovini, maghi, illusionisti, cialtroni e imbroglioni. Partirono senza che Melkon portasse con sé quadranti murali, sfere, armillari e astrolabi, stavolta. A occhio nudo avrebbero osservato i movimenti dei pianeti

e l'aspetto delle stelle, scoprendo le malignità di quadrile e opposizione, i benigni influssi di trino e sestile, l'indifferente congiunzione. E poi ancora lasciarono dietro di loro elaboratori, tastiere, microprocessori.

Melkon, Gaspar e Balthasar alla fine avevano preferito partire senza trasformatori di materia – e quanto li maledicevano per questo gli schiavi del seguito – per gustare meglio quel viaggio, ne erano ora convinti, ma soprattutto per essere maggiormente liberi, aperti ai segni che ancora dovevano venire e di cui dovevano essere testimoni. Numeri e lettere, matematica e letteratura, tutto alla fine conduceva ancora qui, nella terra di Israele. I calcoli e le profezie, quelle malintese e quelle intuite, inducevano a volgere lo sguardo nella casa di Abram. E stavolta non si sarebbero fatti sviare da Antipa.

Corpo celeste, piccola massa, modesta densità, scarsa luminosità. Freddo animale che con la coda percuote la gente. L'impressione quasi di un pesce boreale. Sei occhi fissi nel cielo.

«Vedete? Quando è visibile, la stella si presenta con un nucleo...» catechizzava Melkon.

«Ma parlando di nucleo ti riferisce forse alla parte più densa e brillante dell'astro?» chiedevano gli altri due.

«Certo e aggiungerei, inoltre: esso costituisce la parte che, circondata da una sorta di chioma, assume nell'insieme un aspetto nebuloso.»

Gaspar e Balthasar non erano dei bifolchi. Sapevano, capivano e riconoscevano la grandezza dei discorsi di Melkon. Eppure di stelle comete loro due non ne avevano mai studiate. Per questo le loro menti si arricchivano vieppiù di interrogativi che soltanto la conoscenza del compagno avrebbe potuto estinguere. Apprendevano, quindi, che gli astri come quello osservato ora erano dotati di un nucleo, di una chioma, che proprio l'unione tra nucleo e chioma dava origine a quella che veniva definita la testa della cometa: eppure non riuscivano a spiegarsi perché non erano in grado di vedere la coda.

Scesero, dunque, per il monte Ermon e sostarono nell'oasi di Cesarea di Filippo. Qui si fermarono per attendere il mezzogiorno del solstizio d'estate. Era stato esattamente in quell'ora e in quel giorno di qualche tempo prima che il greco Eratostene aveva misurato la distanza zenitale del sole da Alessandria, nel momento stesso nel quale Shamash si specchiava nei pozzi di Syene: operazione propedeutica al famoso calcolo del raggio di tutto il pianeta.

Il viaggio si rivelò ben presto assai fascinoso, epperò per questo si annunciava più lungo del previsto. Si fermarono spesso e a lungo i tre saggi, vuoi perché ormai la stagione calda e afosa era un invito a cogliere appunti notturni di vite siderali, vuoi, ancora, perché man mano che Jebus ed Efrata si avvicinavano sconosciute forze sprigionavano aloni e cortine magnetiche descriventi arzigogolati contorni di un campo di energia difficile da definire.

I pianeti e le loro case. Le chiamavano così le parti in cui era suddiviso il cielo che dall'orizzonte, dal meridiano e da quattro cerchi passanti per le estremità nord e sud dell'orizzonte dava origine a dodici caselle uguali per le quali passavano i pianeti. Il cielo si rivelava, generoso, ancora una volta. Eppure i tre saggi cominciavano a registrare fossero anche minime variazioni che avrebbero turbato appena pure le loro strumentazioni. Gaspar e Balthasar si convinsero che la presenza della stella dalla lunga coda fosse la causa di ogni loro incomprensione, come provocasse effetti che essi avrebbero definito di riverbero. Melkon era titubante, comunque non esprimeva il suo parere definitivo. Ma notava che alcuni disturbi venivano dai luoghi che incontravano, dalle pietre, finanche dai pozzi d'acqua ai quali bevevano, dall'acqua stessa. Come... come se di lì fosse passato qualcosa, qualcuno. Sì, insomma, la stella non c'entrava nulla in quelle cose. 'Non può essere', pensava tra sé Melkon e poi concludeva: 'O forse sì'.

I tre saggi avevano poi proseguito la strada passando nella Galilea: Tiberiade e il suo lago. Quindi, ancora, Cana, Nazaret, Corazin, Cafarnao e il monte Tabor. Certe sensazioni non accennavano affatto a smorzarsi. Tutt'altro. Più volte i folti seguiti s'arrestarono, passando per quei villaggi poveri e spogli di tutto, finanche di gente visto che il censimento aveva messo in moto sinuosi e complicati flussi migratori. Le ricognizioni procedevano come di consueto; ogni tanto si cercava di comunicare con qualche indigeno per lasciarsi spiegare i fenomeni strani che continuavano ad avverarsi in mezzo a loro.

Attraversarono la Decapoli e la Samaria, discendendo il corso del Giordano che corre verso Betania. Svoltarono per Qumran, prima di giungere nel capoluogo della Giudea.

7.

Evelina capì che era giunto il momento di non guardarsi più allo specchio.

Pensò che non aveva più alcun senso stare lì a misurare la propria colpa. Né poteva ancora indulgere a fare – come tante volte accade – quei conti micragnosi col destino, nei quali sforzarsi di dividere equamente le responsabilità proprie da quelle degli altri. Anche perché poi ci sarebbe sempre da calcolare l'incidenza degli eventi: Evelina era stufa di quei conti.

In fondo, chi resta a guardare soltanto indietro è già morto.

Adesso voleva solo riprendersi il "suo bambino" e il proprio futuro.

Evelina sapeva bene, perché la vita glielo aveva insegnato, che prendersi cura delle cose non ne avrebbe scongiurato la perdita. Ma di sicuro non prendersene cura avrebbe significato la sconfitta matematica.

Con questi pensieri nel cuore dischiuse l'uscio della stanza di Renato.

Il ragazzo dormiva sul lettino. Mentre la luce accesa del computer rivelava che il monitor era spento, ma l'elaboratore acceso.

Le bastò un tasto per leggere qualche parola: "Li conobbi in un'alba fresca di primavera".

Non andò oltre Evelina. Si distese accanto a Renato, abbracciandolo dalle spalle, a cucchiaio. Il ragazzo non si mosse, dando ancora l'impressione di dormire un sonno profondo. E sulla melodia di un'antica nenia la madre gli sussurrò delle parole che aveva imparato da bambina:

Dormi fanciullo
tra le mie braccia
gli occhi tuoi di luce

riposino perché
perché al risveglio possano vedere
le gocce di rugiada sull'erba del campo
Ma stanotte il tuo sguardo
smetta di seguire
le ombre delle storie
che ti ho raccontato
Dormi fanciullo
tra le mie braccia
perché le vite degli eroi
tu possa presto sognare.

Nove mesi interi trascorsero prima che Melkon, Gaspar e Balthasar arrivassero al cospetto delle mura di Jebus. Il cielo clemente risparmiò loro l'infamia dei predoni e la malasorte di qualsiasi altra calamità. La città, ancora per una volta, apparve loro nella caotica cornice della sua quotidianità: belle donne eleganti e altere; mercanti e mendichi a ogni tre passi; l'odore del vino e delle spezie intriso persino negli abiti della gente che incontravano nelle affollate strade... E di qui, ma non sapeva come, pensava alla necessità della venuta di qualcuno che spazzasse via ogni banalità, riconducendo l'umanità alla sua originale pienezza. E pensava che era difficile stabilire con certezza se sulle ali di quella cometa viaggiasse proprio lui, l'infante che avrebbe stroncato ogni cosa oppure a tutto avrebbe dato un senso nuovo.

Fece un sogno Melkon e sognò un'autostrada, lui era lì a correre mentre dalla carreggiata opposta sfrecciavano auto – e non erano macchine, ma umani o forse robot – e lui andava verso l'infante, sapeva di andare da lui, mentre gli umani da lui provenivano, sull'altra corsia. Come fosse lui a incedere verso il senso delle cose e gli altri ad allontanarsene. Alla ricerca dell'intima essenza, da scoprire col cuore e con l'anima, così Melkon si svegliò, nell'amarezza che poi – mandando giù un po' di caffè – meglio seppe definire: probabile che loro, i saggi, non avessero diritto ad accedere a quella? E poi tornò a domandarsi: 'Perché Efrata? Perché l'infante?', quando scorse Gaspar e Balthasar, pensierosi a studiare le mosse o scrutatori delle verità più profonde. Erano tornati a giocare a scacchi quei due.

Una manciata di ghiaia nel bacino e uno sguardo gettato ai due contendenti, Gaspar e Balthasar, con gli occhi schiacciati verso l'infinito: mettendo a fuoco la linea dell'orizzonte e lasciando sfocare le immagini dei profili che s'incrociavano sul drappo quadrettato. Ma poi Melkon ritornava alle cose sue e di colui che doveva venire. Ripensava alle donne di Jebus. E chissà se si era rivolto proprio a una di esse il Profeta quando aveva detto: "Eri preziosa come l'argento, eppure ora hai perduto ogni valore; eri vino prelibato, eppure ora sei soltanto acqua". Non capiva Melkon l'origine delle intuizioni che scivolavano via dalla memoria, nel sonno come la veglia.

Più passava il tempo e più s'accorgeva che ci doveva essere un motivo per il quale la traiettoria della cometa, unitamente alle ormai evidentissime scariche magnetiche che a suo parere partivano invece dal basso, avesse portato proprio laggiù lui e i suoi amici... E poi tornava a ruminare sulle considerazioni che di Jebus le Scritture avevano tramandato. Gliene aveva parlato Balthasar.

Governante ribelle al volere del Signore, ladri e complici, corrotti alla ricerca di regali e di illeciti compensi, che non si preoccupano di difendere i diritti degli orfani e delle vedove. Si parlava male, molto male di Antipa e dei suoi uomini. Melkon finì col pensare che la cometa volesse indicare anche il successore del re dei Giudei, l'infante, come di un sovrano che avesse in suo potere poi la facoltà di cambiare il corso delle cose, finanche degli altri uomini.

Ripensò a un giusto che avrebbe condannato speculatori dai bassi istinti, rivolti esclusivamente a comprare palazzi e terreni, senza lasciare un angolo di mondo a nessuno e diventando così gli unici padroni del paese... Un giusto che avrebbe ricacciato via chi comincia a bere dal mattino e si stordisce fino a notte, quelli che si trascinano nei loro vizi, che chiamano male il bene e bene il male, quelli che si illudono di essere saggi e intelligenti. Era proprio così. 'Doveva essere così', pensò Melkon quando a sera giocatori e pedoni lasciavano vesti e mosse, svuotando la spiaggia e isolando il saggio coi suoi pensieri.

Melkon si addormentò con queste cose nel cuore.

Notte. Tremolava la fiamma nel braciere. I tre saggi da tempo avevano consumato nelle tende il frugale pasto. E Melkon fece un sogno: sognò un regno di pace dove lupi e agnelli vivevano insieme, leopardi che si sdraiavano accanto ai capretti, vitelli e leoncelli che mangiavano insieme, con un bambino che li guidava; mucche e orsi pascolavano insieme, i loro piccoli giacevano gli uni accanto agli altri, i leoni mangiavano fieno come i buoi, i lattanti rimanevano illesi mentre giocavano presso nidi di serpenti, e se un bambino affondava la mano nella terra di una vipera non correva alcun pericolo.

Giorno. Erano ormai sulla via di Efrata. Poi la sera. Il freddo, la forte escursione termica della notte. E, al mattino, la decisione amara di rinunciare, quando un tintinnare di campanellini risvegliò dal torpore sia Melkon, sia Gaspar, sia Balthasar.

Li vidi e li riconobbi in un'alba fresca di primavera.

Li scorsi da lontano, i profili curvi, i visi provati dal lungo viaggio. Tra le mani l'oro, l'incenso, la mirra, i doni che posarono – timidi – davanti a me, come chi non avrebbe mai pensato di lasciar portare ai propri cammelli un tale carico per un così modesto destinatario. Non sapendo parlare avrei potuto scrivergli sul pc un messaggio di vivissimi ringraziamenti da stampare alla stylewriter, ma un improvviso black out di energia elettrica me lo impedì e forse fu anche un bene, perché era ormai finito il tempo che io scrivessi.

Allora gli risposi con mille sorrisi. Quei simpatici e pazzi uomini che avevano macinato chilometri per salutare un infante! Eccoli, i sapienti. E furono contenti. Come se per trovare la via, quella giusta, ci sia solo da fare un passo indietro. E quei tre l'avevano fatto, anche se non si erano accorti di nulla.

Mi presero in braccio. All'inizio mi diede fastidio. Poi, mi abbandonai. E ci raccontammo un mucchio di cose. Che bello: non m'avevano lasciato da solo.

8.

Quando Evelina finì di parlare in associazione, tutti l'applaudirono. A lei diede fastidio. Poi, s'avvide di avere la gola secca fino alla tosse e gli occhi lucidi fino alle lacrime, che però non le impedirono di guardare l'orologio al polso. Fu allora che realizzò: Renato in piscina aveva finito da un pezzo. Gli altri erano in piedi e lei, afferrata la borsa, era già corsa all'automobile.

Nessuno provò a trattenerla, mentre lei andava da lui.

Renato apparve di lontano, il borsone della piscina attorno al collo, lei era lì accanto alla portiera aperta, e Renato le corse incontro, si abbracciarono. Poi, s'infilarono nell'auto.

«Ti amo» le disse lui, quando arrivarono.

«Anch'io» gli rispose lei.

E sparirono nelle luci della sera. Laggiù in quel budello di città dove ogni giorno può essere Natale.

È uscita incinta Maria

Quartieri Spagnoli

Al Padreterno nulla è impossibile
(Detto popolare)

1.

È venuto un tempo in cui a Napoli le femmine che non riuscivano a partorire avevano due possibilità per chiedere e
ottenere il miracolo. In entrambi i casi ai Quartieri Spagnoli
dovevano venire.

Se ci avevano fede bastava risalire fino a vico Tre Re a Toledo, al civico 13, poco prima di arrivare in via Speranzella
(manco a farlo apposta).

Lì, nella casa dove la Santarella aveva vissuto i suoi ultimi
quarant'anni, ci stava una sedia portentosa.

Bisognava sederci sopra.

Le suore ti dicevano la preghiera che dovevi fare e forse, se
tutto andava bene, il Padreterno a cui nulla è impossibile si
muoveva a pietà e la creatura nasceva. Forse. Non era proprio
sicuro.

Se invece della fede ci avevi i soldi, ecco, allora le cose
cambiavano e si poteva andare più tranquilli. Poco più in
là, a Sant'Anna di Palazzo, ci stava una trattoria. Sì, lo so: là
sopra è un casino. Vicoli stretti che a stento ci passi, tra automobili e stendini per i panni che escono dai bassi. Mentre
in alto, quel poco di cielo che poteva uscire non esce mai,
perché ci stanno i panni ad asciugare dei signori di sopra.

Non ci stanno ancora i tubolari Innocenti e le crepe che verranno con il terremoto. Ma comunque è un casino lo stesso.

Motorini che salgono e scendono. Sono i pezzi di merda strafatti di droga. E i muschilli che gliela portano. Ogni tanto poi passano certe motociclette ancora più grosse. Ti giri. Li guardi: mamma mia, e che facce! Sono i "falchi" della questura. Girano in borghese, cioè vestiti da pezzi di merda pure loro.

Non servono a niente. Dovrebbero acchiappare i mariuoli, ma in realtà li riconosce pure un bambino. Insomma, fanno solo casino.

Ma tu vai avanti!

Bancarelle che non ti fanno camminare. Pietre e voragini che certe volte non sai neppure dove mettere i piedi. Non parliamo di quando già dal pomeriggio a terra stanno *scamazzate* le verdure e l'acqua dei pescivendoli bagna tutta la via. Altro che montagne russe: là puoi prendere una *ruciuliata* che ti manda dritto al creatore.

Lì ci stava una trattoria che mo' non c'è più. Alla cucina ci pensava Giovanni, un pezzo d'uomo, taglia forte, sembrava un *babbasone*, ma in realtà era un bravo faticatore. Ai tavoli serviva la moglie, Maria, una puledra bruna che – potevi giurare – l'età non avrebbe mai sfiorito. Che salute che teneva! Fin da ragazza era stata un bel confettino, ma ora era proprio nel pieno del vigore e il suo lo faceva, eccome, anche... Ci siamo capiti, però non ci distraiamo. Anche perché poi, a dirla tutta, quella che portava avanti la baracca era lei. E la virtù in genere non sta in mezzo alle gambe.

In verità Maria riceveva in privato. Presso lo studio di un giovane medico senza tanti scrupoli e sfacciato. Prima l'aveva sedotta e poi l'aveva coinvolta nel *basiniss*. Il risultato? Ve lo spiego a modo mio: in laboratorio i cosi si incontravano con le cose e il figlio piccolo piccolo, ma talmente piccolo che manco una gatta ha mai fatto una *mucia* così piccola...

insomma il medico metteva quel figlio nella pancia di Maria. E lei lo cresceva. Lei lo partoriva. Nove mesi, normale: tutto andava come doveva andare. Fino a quando i genitori veri non se lo pigliavano. Però prima dovevano pagare.

Certo, non era un affare proprio pulito, ma ai Quartieri Spagnoli che vai trovando?

Dunque, il fatto è questo: vieni insieme a me.

Quaranta giochi di fumo, di carte, di mani, di piatti e bicchieri.

Di scatto s'aprì la porta della trattoria. Nessuno se ne avvide, tranne Maria che s'accorgeva di tutto.

Ne entrò un omino che scivolò lesto fra i tavoli fino a lei, per farle cenno: «Ti devo parlare».

Lei comprese subito. A gesti gli rispose di aspettare al bancone. Aveva un piatto di penne fumanti da consegnare, prese delle posate, portò tutto al tavolo, poi s'asciugò le mani al grembiule e corse da lui, la gomma perennemente tra i denti, mentre Giovanni osservava.

«Il dottore mi cerca, vero?» le mani sui fianchi.

«Proprio così» le rispose quello meravigliato.

«Non ci voleva poi tanto: tu qua dentro quante volte sei entrato?»

«Dunque, vediamo... Non lo so.»

Maria allora alzò il palmo della mano ch'era ancora umida di vapore, strinse il pugno e cominciò a sollevare il pollice.

«Giuseppe, Antonio, Salvatore e Nicola: senti a me, tu qua dentro ci sei entrato quattro volte e questa cinque. Ora *vattene*. Diccelo al dottore: oggi stesso vado da lui.»

Poi sottovoce aggiunse: «Che gente è? Ce li hanno i soldi?».

Quello le si avvicinò all'orecchio, prendendola per il collo.

«Non ti permettere, giù le mani.»

«Ma che hai capito? Volevo solo...»

«Eh, volevi solo: tu mi hai messo le mani addosso. Ma sappi, se non lo sai ancora, io non sono una di quelle che conosci tu. Io sto bene, non mi manca niente, un marito lo tengo, do da mangiare ai cristiani: bocche da sfamare, soldi da incassare. Poi faccio quei lavoretti che sai per arrotondare. Ma non sono né una ladra, né una mignotta.»

«Senti: ma come la fai lunga, Marì? Io volevo solamente risponderti zitto zitto alla domanda che mi hai fatto tu.»

«Li tengono i *pezzi*: me lo vuoi dire o no? Immagino di sì, se no io neppure ci vengo.»

«È mai successo che non hanno pagato?»

«No.»

«E allora? Comunque ti dico: li tengono, e pure assai» disse ora a distanza, ma scandendo per bene ogni lettera. E ripetette ancora quasi afono: «Assai».

«Buono, ora vattene. Anzi, no: la vuoi una bibita?»

«Col freddo che fa?»

«Bello mio, io non ti posso né preparare il punch caldo, né darti un bicchiere di whisky, con quello che costa. Se la gassosa la vuoi io te la vado a prendere con queste belle manine. Se no, ci salutiamo e ci vediamo la prossima volta.»

«Non fa niente. E la gassosa me la dai un'altra volta. Statti bene, Marì, e *bonafurtuna*.»

Ai tavoli c'era chi reclamava. Giovanni si dava da fare, ma era Maria che tutti volevano. Lei ebbe un sussulto e tornò al suo lavoro. Il marito le passò accanto con una pila di piatti da lavare: «Un altro figlio su commissione?».

«Eh, ti dispiace? Giova', sono soldi che entrano.»

«Allora hai deciso?» le chiese Giovanni con voce trepidante.

Mentre i quaranta giochi di fumo, di carte e di mani attenuarono lo scandire delle parole. La sala era piena. E Maria non sentì. Ma sì che aveva deciso.

2.

Sette milioni per ogni creatura. Allora esistevano le lire.

Maria non doveva fare niente. Doveva soltanto "offrire" come una culla, come un riparo la sua pancia a una piccola creatura che forse in quel momento non era ancora manco proprio una creatura. E infatti la gente istruita non lo chiama così, lo chiama se non mi sbaglio *embriolo*.

'Povera anima di Dio', pensava tra sé ogni volta Maria: arrivava da due genitori perfettamente in grado di avere dei figli, ma con la disgrazia d'avere una madre che non poteva portare avanti la gravidanza.

Era in quel momento che entrava in azione lei. L'*embriolo* nato in provetta passava nella sua pancia. Un'operazione semplicissima. Nemmeno una settimana in clinica. Solo la preoccupazione di rispettare le tabelle degli esami che le dava il medico. Lei poteva tranquillamente continuare il suo lavoro in trattoria, senza pesare troppo sulle spalle di Giovanni. I nove mesi della gravidanza passavano. Solamente i primi e gli ultimi erano un po' più pesanti, bisognava stare attenti a non sforzarsi troppo, poi ci si faceva l'abitudine al pancione che a Maria non cresceva tanto considerata la sua costituzione fisica, quindi arrivava il tempo "della cova", diceva lei: si tornava in clinica, un bel pigiama fresco da comprare, gambe divaricate e il pensiero fisso alle banconote che avrebbe incassato.

Per Maria era un percorso già conosciuto, che ormai non le nascondeva alcun tipo di insidie. Altra cosa per Giovanni, geloso fino alla morte di ogni gesto della moglie e ferito da quell'infertilità mai curata da ragazzo che non gli avrebbe mai consentito di vedere la sua donna aspettare un bimbo tutto loro.

Giuseppe, Antonio, Salvatore e Nicola erano passati, ogni volta velocissimi, senza annunciarsi e senza fermarsi, proprio come usavano fare un tempo i treni "rapidi" a lunga percorrenza quando sfilavano al passaggio a livello, vicino a quella stazione di provincia, dove il papà di Giovanni faceva il casellante. E lui, Giovanni, i pantaloncini corti, veniva tenuto a distanza dai binari, con l'invito chiaro a non avvicinarsi troppo e a non tirare sassi sui convogli: s'arrabbiava lui per quella vecchia tiritera che gli toccava sentire ogni volta, e poi ubbidiva e non gli restava fare altro che agitare la manina e salutare.

«Ciao, ciao!» urlava forte per superare il frastuono di vagoni e rotaie. Il papà gli lanciava un'occhiataccia. E lui ripeteva ora a bassa voce, solo per sé: «Ciao, ciao». Poi, quando il silenzio era tornato, domandava: «Dove va, papà?».

«A Milano» rispondeva sempre l'omone.

Lui replicava: «Ma vanno sempre lì? Mai una volta che si fermino a Cardeto?».

«Ma lì manco c'è la stazione!»

«E i binari, papà?»

«Neppure quelli.»

Giuseppe, Antonio, Salvatore e Nicola. Un altro treno sarebbe passato e Giovanni avrebbe potuto soltanto sussurrare tra sé: «Ciao, ciao». Ma questo qui come si sarebbe chiamato, stavolta?

Giovanni provò a trattenere Maria. I tavoli erano già pronti per la cena. In cucina era tutto pulito e a terra, di lì a poco, avrebbe finito di spazzare. Maria infilò il soprabito: capelli e occhi scuri da far impazzire, trentun anni e cinquantadue chili infilati in un body da far morire, grandi orecchini, le labbra evidenziate da una matita e un rossetto marcati, tre etti di rimmel, quaranta grammi di mascara, infine quel nasino voltato all'insù come l'altezzosità antica con la quale anche stavolta passò davanti a Giovanni.

«Vado» disse Maria.

Fece finta di non sentire, Giovanni.

«Vado dal dottore» ripetette Maria.

«Ti accompagno» fece Giovanni.

«No, no: tu è meglio che stai qui», dura. Poi, gli si fece vicino, gli sfiorò la guancia con una carezza, Giovanni si scostò, lei chiuse gli occhi in segno di disappunto, pensò di replicare, poi si trattenne, avrebbe perso tempo, e infilò l'uscio.

«Ciao, ciao» disse Giovanni a bassa voce.

3.

Rotocalchi vecchi sparsi sul tavolino, nella sala d'attesa del dottor Acchiappaneonati, come scherzosamente usava chiamarlo lei quando non c'erano altre persone. Pagine strappate, l'intervista al comico di turno e il servizio fotografico a qualche marca che aveva bisogno di mostrare natiche e seni. A quei giornali Maria – ancora il fiatone per il viaggio in autobus, in metrò e a piedi – dava sempre uno sguardo incuriosito, prima di alzarsi irrequieta. Lanciò un'occhiata all'acquario e si sorprese di vederli ancora lì i due pesciolini rossi, compagni, anzi compagne delle sue avventure.

Sì, anche altre volte era accaduto. Andromaca e Cassandra le facevano compagnia, boccheggiando in una vaschetta dalle dimensioni talmente ridotte da non essere certo il migliore acquario esistente sulla faccia della terra. Pensava lei.

Andromaca e Cassandra: quei due nomi strani glieli aveva affibbiati il dottore senza che Maria capisse bene il perché. Ora non ricordava neppure quando. Ma che importava? Certo, pensò lei, è strano come ci si possa sentire meno soli quando ci sono due pesciolini rossi, un poco desquamati, mentre Andromaca e Cassandra si tenevano strette – quasi per mano, se le avessero avute – sul cristallino confine che le separava dal mondo nel quale non avrebbero mai potuto vivere.

E chissà come doveva sembrare loro strana la figura di Maria, ingigantita dagli scherzi ottici che gioca il vetro.

Andromaca era quella lì, quella con la coda dalla forma più allungata. A Maria sembrava che la chiamasse per nome e le facesse gli occhi dolci.

Cassandra, invece, pareva darle del lei, aspra e inacidita, per dirle poi tutto quello che non andava nel suo portamento e nell'abbigliamento: ma davvero aveva ragione lei quando le diceva che s'era vestita come una sgualdrina, e invece Maria voleva soltanto presentarsi un po' disinvolta, quel tanto per sentirsi dire dal "suo" dottore: "Come sei sexy!".

Un rumore. La maniglia della porta che dava nello studio girò lentamente. Maria fece appena in tempo a stirarsi addosso la gonna che poi tanto lunga non era, quando sulla soglia apparve il dottore.

Si strinsero le mani. Lei fece per entrare, ma lui la trattenne fuori. «Un attimo, cara» le disse.

«Cara un corno, dottor Acchiappaneonati: se ti fossi cara veramente mi porteresti via a mille chilometri lontano da quella trattoria schifosa» gli sussurrò innervosita.

«...»

«Ma adesso non mi avrai mai più: o mi porti via oppure mi sta bene anche Giovanni.»

«Basta» disse il medico.

«Okay, scusa» si ricompose Maria.

Lui le porse un fazzoletto che lei non disdegnò: «Marì, il lavoro che dobbiamo fare lo conosci già. Ma mi raccomando: tatto, molto tatto con loro, ci vuole delicatezza con questi genitori».

Sorrise lei, mostrando di sapere il fatto suo e rispose accomodante: «Certo, signor dottore». E dispettosa gli salì sul piede, restituendogli il fazzoletto perché si lucidasse la scarpa impolverata.

Quando Maria entrò nello studio loro due erano là in fondo, accanto alla scrivania: lei era seduta spalle alla porta, le si scorgeva la chioma bionda che scendeva sul cardigan blu; lui, in piedi, le era di fronte e le teneva la mano. Maria lo guardò subito in faccia il papà del bimbo che avrebbe portato in grembo fino alla vita. Smise temporaneamente di masticare la gomma a bocca aperta e gli sorrise: lui prima rimase sorpreso e come se ne fosse lusingato timidamente la ricambiò, quindi fece un cenno quasi di assenso alla sua compagna per rassicurarla ma lei pure si girò, di scatto.

Restarono come di pietra per qualche momento tutti e tre. Mentre il medico andò a prendere una sedia anche per Maria, ponendola alla sinistra della donna, poi fece il giro in largo e si sistemò dietro la scrivania.

C'era il silenzio da vincere, l'imbarazzo, il pudore, l'inusitata scomodità di quella situazione: la donna non ce la fece. Sbottò: «Vado in bagno, scusatemi», uscì e non rientrò più. Ma prima di richiudere la porta dietro di sé a Maria sembrò che avesse pronunciato una cosa del tipo: «Che vergogna...». O lo immaginò soltanto.

«Sappiamo tutti perché siamo qua» ruppe il ghiaccio il medico.

«Sì, certo» riprese l'uomo: ora sembrava dispiaciuto per quel gesto della moglie, perso a metà tra lo scoramento e l'indignazione.

Maria riprese a masticare la gomma come sapeva.

Il medico le chiese, con cenno della testa, di liberarsene.

Maria le rispose nello stesso linguaggio con una domanda: «Perché?».

L'uomo se ne avvide.

Il medico pensò tra sé: 'Lasciamo perdere'.

«Signora Maria, le presento l'avvocato Augusto Quirino.»

L'uomo si alzò, con cortesia le tese la mano: «Piacere».

Maria le rispose: «Eccomi, sia fatta di me la vostra volontà».

«La signora Maria è una persona sana...»

«E l'aspetto in questo caso sembra la migliore conferma del giudizio clinico» soggiunse l'avvocato, in un complimento che non sciolse Maria neppure in un sorriso di circostanza. Figurarsi se c'era da aspettarsi il rossore delle guance.

«Sana» riprese il medico un poco infastidito dell'interruzione, «e soprattutto discreta, caro avvocato. E, al momento in cui siamo, o meglio, in cui siete, è la persona che fa per voi. È quello che volevo spiegare a sua moglie...»

«Mi scusi» disse l'uomo.

«Non si preoccupi, non ce n'è bisogno. Affatto. Avrà modo poi lei di spiarglielo... Qui non facciamo cerimonie. Maria, cioè la signora Maria è una persona sana: ha un fisico che consentirà al bambino di non correre rischi...»

E mentre pronunciava la parola "fisico", Maria fu piena di orgoglio tutto femminile. Il medico se ne accorse, ma riprese senza farsi distrarre da quel comprensibile vanto.

«Ed è discreta, molto discreta. Una qualità rara di questi tempi. Avvocato, vado subito al sodo. Per questo lavoro, sul quale io vigilerò dal punto di vista clinico, lei non deve assolutamente preoccuparsi: Maria, cioè la signora Maria avrà una ricompensa, che è poi quella di cui abbiamo già parlato, e non avrà null'altro a pretendere. Non è la prima volta che lei lavora con me e su di lei garantisco io in prima persona.»

L'avvocato annuì. E Maria riprese, incalzando e senza un attimo di respiro un copione già recitato altre volte, come leggesse un vero e proprio contratto scritto dal notaio: «Il dottore è bravo, se vi siete rivolti a lui potete stare sicuri. Tutto andrà per il meglio. Lui ha visto in me una persona capace di fare quello che serve a lui e a voi. A proposito: mi dispiace per sua moglie. In ogni caso voglio dirle che farà tutto lui, il dottore. Io non farò niente. Non opporrò nessuna resistenza e non avanzerò alcun diritto. Quello che lui mi dirà di fare io lo farò, al mio meglio. Oh, sapeste: voi non conoscete Giuseppe, Antonio, Salvatore e Nicola. Ma lui è riuscito a fare cose, dentro di me, che io non avrei mai immaginato...», e qui Maria si lasciò andare ad una smorfia languida, ma poi concluse: «Oggi grazie a lui ci sono quattro bambini in più, col vostro cinque, a camminare per il mondo. Lui ve l'ha promesso? E allora siatene certi: il bambino verrà, sarà bello, forte e, soprattutto, vostro».

L'avvocato annuì ancora. Maria si fermò all'ennesimo cenno del medico di gettare la gomma. Maria s'interruppe: si sarebbe aspettata ora qualche domanda, anche soltanto ispirata a una formale cortesia. Come magari era accaduto altre volte. Invece no, ora non era così e non accadde nulla. Anzi, tutto smise di accadere. Lei non fece neppure in tempo ad accorgersene. L'avvocato prese da una tasca un assegno già compilato e lo porse fulmineo al medico: «Vi è compreso un anticipo anche per lei. Ci vedremo in clinica. Buonasera dottore! Signora Maria, mi perdoni», e guadagnò l'uscita.

Maria non rimase neppure interdetta. Le andava, anzi, assai bene quel modo di fare privo di accenti sdolcinati. Doveva portare avanti una gravidanza, ecco tutto. Non c'era proprio niente di eccezionale. Piuttosto. Dov'erano i soldi? Era possibile aumentare, anche soltanto di un pochino, la ricompensa? Quando ci si sarebbe visti in clinica per l'intervento? Erano gli unici interrogativi suoi.

«Quella gomma la potevi anche buttare» disse il medico, tornando a darle del tu, ora che erano rimasti da soli.

«Non me l'hai detto.»

«No, te l'ho detto e tu hai fatto finta di non capire.»

«Senti, bello. Parliamo d'altro.»

«Non hai fatto colpo su di loro. Cioè, su lui sì, eccome. Ma su di lei proprio no.»

«Perché, dovevo farlo?»

«Che c'entra?»

«Mica sono una mignotta. Non dovevo piacere.»

«Va bene.»

«Comunque, se proprio lo vuoi sapere: non mi piaccio-no neppure loro.»

«Siete pari, allora.»

«Già! Forse è meglio per tutti.»

«Sicuro.»

4.

Quattro mesi dopo, in trattoria, Maria pelava le patate, men-tre Giovanni preparava i tavoli.

Le cose non erano andate nella maniera in cui tutti ave-vano creduto. E ora Maria aveva un segreto che non voleva affatto tenere per sé.

«Giovanni!»

«Marì, che c'è? Non ti senti?»

«Mi sento, mi sento.»

Attimi di silenzio. Maria attese che il marito le sedesse vicino, senza altre incombenze, ora che i clienti ancora non c'erano. Gli catturò la mano, se la pose sulla pancia e non la lasciò più andare.

«Giovanni: il bambino quelli non lo vogliono più.»

«Che significa?»

«Significa quello che ti sto dicendo: quei fetentoni la cre-atura loro non la vogliono più. A me vanno i soldi dell'anti-cipo. Basta, l'affare per loro è finito qui...»

«E il bambino?» tornò a chiederle Giovanni.

«Più c'hanno i soldi, più si credono di poter comprare il mondo e cambiare tutto quello che gli sta intorno. Ma que-sta volta no, non sono riusciti a comprare, perché quello che chiedevano non aveva prezzo. Quanto mi fanno schifo!»

«E il bambino? Che fine farà?»

«Giovanni, il bambino è... Come si fa a dire? Il bambino è handicappato.»

D'istinto Giovanni tolse la mano, ma lei fece in tempo a riafferrarla, se la ripose di nuovo sulla pancia e gli sussurrò: «No, non fare così. Tu non sei come gli altri. Tu puoi capire» e riprese. «Io li ho sempre chiamati mongoloidi. Ma ho chiesto, in realtà sono soltanto ritardati. Non capiscono. Certe volte fanno movimenti strani. Poi, sembrano tutti uguali: e sai solo che non sono normali. Campano pure di meno degli altri. Ecco, ce l'ho scritto su questo foglio: la malattia si chiama sindrome di Down. Il dottore se n'è accorto, l'ultima volta che gli ho portato gli esami del sangue».

«Sindrome di che?»

«Down: era il nome del dottore che per primo ha saputo scoprire questa malattia, tanti, ma tanti anni fa.»

«Si mischia? Si mischia questa malattia?»

«Ma che dici, Giova'? Comunque no, la malattia non si mischia.»

«E chi ce l'ha passata alla creatura?»

«No, io no, se è questo che ti preoccupa. No, lui è venuto proprio così. Dice il dottore che quando si è formato ci aveva un *cromosolo* in più.»

«Embè? Non è meglio ad averceli in più quei cosi?»

«No, Giova'. Non è meglio. È peggio.»

«Si può guarire?»

«No, non si guarisce. Dice il dottore che facendo della terapia qualcosa si può fare. Ma non guarisce, Giova'. Il bambino non può essere normale.»

«Che peccato!»

«A un bambino su settecento gli capita questa crudeltà del destino.»

«...»

«Giova', che devo fare?»

«Non ti capisco, Marì, parla chiaro. Che ci sta da fare? Il dottore che ti ha detto?»

«Il dottore mi ha detto che quei due bastardi non lo vogliono più. Ora tocca a me: se lo voglio, me lo tengo; se no, abortisco.»

«Non puoi: la legge...»

«Ma che vuol dire la legge? Sciocchezze. Qualcuno che mi fa abortire lo troverei: basterebbe soltanto essere disposti a pagare.»

«E tu che vuoi fare?» le chiese Giovanni, sospettoso.

«Io me lo voglio tenere» scoppiò in lacrime Maria. «Non lo voglio dare a nessuno. Adesso è mio e starà sempre con me. Vedrai, Giova', crescerà: ci metterà un po' di più a camminare? E che fa? Chissà quando riuscirà a parlare e a dire mamma e papà? E che ce ne importa a noi? Chissà quando potremo vederlo correre e giocare, come tutti gli altri? E che fa, Giova'? Che fa?»

Quel "noi" rimase a mezz'aria ed ebbe il dono di dare un vigore nuovo a Giovanni. Si rizzò in piedi lesto. Anche la sua voce si fece d'improvviso più ferma, come non lo era mai stata.

Disse: «Starà con noi, te lo giuro, Maria».

«Tu c'hai fretta, Giova'?»

«No, io non *tengo pressa*. Non ti preoccupare.»

I due sorrisero e si strinsero. Poi Giovanni le disse: «Stasera, che dici, la trattoria può stare chiusa per una volta, o no? Io voglio fare festa per questa creatura che viene».

«Pure io!» gli urlò Maria, mentre rapida, d'istinto, tentò di fermare una lacrima nel timore che le si sciogliesse il mascara, sebbene lei quel pomeriggio non avesse un filo di trucco.

«Marì, come lo chiameremo?»

«Non lo so, Giova'. Poi ci pensiamo, eh?»

Giovanni scivolò nel retro a recuperare le serrature della saracinesca.

Maria stette un poco, poi girovagò tra i tavoli, senza più fardelli e le sembrò di vedere ogni cosa come fosse la prima volta.

Accomodò delle sedie. Spiegò meglio alcune tovaglie. Spostò delle stoviglie. Diede occhio a un bicchiere che parve troppo opaco. Le labbra si sciolsero in un sorriso sereno.

Poi si voltò e sapendo bene che nessuno la stava a sentire sussurrò a bassa voce ma con nettezza: «Anche qua dentro qualcosa dovrà cambiare».

Le facciate
Palazzo San Giacomo

O pesce fete da a capa

(Detto popolare)

Rischia di confondersi chiunque ceda alla tentazione di trovare analogie tra i fatti, gli ambienti e i personaggi descritti in questo racconto e i fatti, gli ambienti e le persone reali.

1.

Pioveva su Palazzo San Giacomo.

«*Chi l'è stramuorte*!» imprecò il commissario a denti stretti nel risalire piazza Municipio con l'andatura dinoccolata e appesantita d'un pachiderma.

Come sempre il temporale di primavera l'aveva sorpreso senz'ombrello e, quando lo scroscio era finito, tutt'intorno *abbafava* ancora di più e lui non capiva se la camicia era bagnata dall'acqua o dal sudore.

La grande cancellata verde era insolitamente aperta.

Il gabbiotto della guardia municipale rifletteva i lampeggianti blu della polizia davanti ai passanti ignari. All'interno due agenti discutevano animatamente: uno contava sulle dita della mano fino a quattro e l'altro ripetutamente gli bloccava il calcolo.

Quante volte era già accaduto che le forze dell'ordine fossero sbarcate laggiù, sotto il porticato ottocentesco in stile neoclassico, alla ricerca di prove per mazzette e per furfanterie simili. Eppure chi l'aveva mai vista la Scientifica entrare a razzo nel Comune della più grande metropoli del Sud?

Qualcuno aveva ucciso il sindaco proprio lì, nel suo ufficio, di primo mattino e quando la campagna elettorale, quella che l'avrebbe consacrato per il secondo mandato consecutivo, era ormai al clou. Lo sapevano anche le pietre, anzi soprattutto loro: presto tutta la metropoli doveva essere ritinteggiata, in ossequio al maxi-piano di restyling annunciato che avrebbe ridato nuova dignità, nuovi colori e probabilmente altri visitatori alla decrepita città d'arte sommersa da incuria e dai rifiuti.

«È stato quel fottuto d'un gay... Come si chiama? Per lui parlano le impronte digitali sulla vecchia Beretta 951 calibro 9 Parabellum. Ricatto: magari voleva solo mettergli paura, minacciando di rivelare a tutti la loro relazione» sentenziò il vicequestore Giacomo Di Branco, che tutti chiamavano Brancolo per via della statura da puffo e molto più perché nella sua folgorante e brevissima carriera non aveva avuto il tempo di assicurare alla giustizia neppure un criminale. Ma chi l'aveva messo a capo della Omicidi?

«Il film se l'è fatto completo: ma siamo sicuri che c'era una relazione? E poi quello è incensurato» provava a ribattere il collega Nino Esposito, vicequestore aggiunto da una vita, sbarcato da dieci giorni al commissariato Chiaia dopo un esilio di quindici anni per lo Stivale, dal Trentino alla Sicilia. E s'infervorava mentre si liberava della giacca inzuppata d'acqua e sudore: «Ma che motivo aveva di ammazzare il sindaco? Universitario fuorisede e fuoricorso senza prospettive. Lavorava per lui nella campagna elettorale. Tra qualche giorno finalmente avrebbe visto qualche soldo...».

Scuoteva la testa Di Branco, mentre i due poliziotti parlottavano dietro una finestra dell'antico palazzo di governo voluto da Ferdinando di Borbone. Di sotto il consueto viavai: "Sta città dorme pure quando *sta scetata*", pensò Esposito.

«Per i soldi si fa di tutto. E della pistola che ne dici?» domandava Di Branco, sicuro di avere fatto un'osservazione puntuale.

«Detenzione legale a quanto pare. Al giovanotto si può prestare fede. Se non altro perché è l'unica responsabilità che ammette, mentre su tutte le altre cose tace. A maggior ragione se qualcuno gliel'ha rubata questa notte, dottore...», al tu di Di Branco l'anziano collega preferiva rispondere mantenendo le distanze.

«Senza porto d'armi che se ne faceva di quella cosa? E poi non ha fatto la denuncia» rilevò il capo della Omicidi sistemandosi sul divanetto Luigi quattordici o quindici o giù di lì.

«E come faceva se l'abbiamo fermato che stava ancora dormendo?»

«A mezzogiorno?»

«Eh, a mezzogiorno. Stava nel letto. Se uno fa tardi la notte a che ora si deve svegliare? Piuttosto mi dica lei: perché avrebbe lasciato la pistola vicino al cadavere?»

Di Branco ammutolì. Cercò di cambiare discorso: «Piove un'altra volta. E poi dopo fa più caldo di prima».

Ma Esposito non intendeva lasciare spazio alla preda: «Lo stub sgombrerà ogni dubbio».

«Come se fosse una prova inappellabile!» replicò Di Branco. «Basta indossare un guanto di lattice oppure cospargersi di uno spray speciale e la polvere da sparo scompare con una doccia.»

'Ma come cazzo sono antipatici questi Pierini' pensò Esposito, 'questi So-tutto-io... E più sono giovani e più sono stupidi e arroganti!'

«Non ha un alibi» incalzò il capo della Omicidi.

«Non ha un movente» tranciò di netto il vecchio commissario, mentre scostava la mantovana e si avvide che la bella ispettrice se ne restava fuori la porta e con discrezione cercava di attirare la sua attenzione. E lui cercava di farle capire che doveva rivolgersi a Di Branco. Lei ribatteva a gesti, quasi per dire: ma lui è poca cosa.

Quella tarantella continuò per lunghi secondi fin quando Esposito non sbottò infastidito: «*Jamme bell'*, che c'è?».

«Dottore, ci sta la vedova.»

«Che vuole?» mormorò stizzito Di Branco.

«Vuole vedere il marito.»

«E che ce sta da vede'?»

Di fronte a tanto cinismo Esposito non seppe resistere. Prese la collega per il braccio, la portò fuori della Sala Giunta e le disse: «*Lascia sta' chist'omme 'e merda*. Dentro ci sta ancora il magistrato: può essere che dopo la fa entrare».

2.

Ma chi aveva messo il vicequestore Di Branco a capo della Omicidi della Squadra Mobile della questura di Napoli? E a soli trentacinque anni?

Tutti sussurravano raggrinzendo la fronte e arricciando il naso: «L'ha raccomandato 'o ministr'». E subito calava il silenzio. Soltanto l'ultrasessantenne collega Esposito, quando si trovava nei capannelli davanti al palazzo di via Medina, ribatteva senza peli sulla lingua: «Ma quale ministro può avere interesse a far promuovere uno come quello?». Ogni volta l'occasionale interlocutore faceva spallucce oppure azzardava: «*'O pate steva ca dicci*».

Ed Esposito ogni volta se ne restava a mani giunte di fronte al petto, alzandole e abbassandole, in un'orazione sdegnata contro lo schifo della politica e quella vita da quattro soldi...

Lui, vicequestore aggiunto. «Aggiunto a chi? Non l'ho mai capito» sbottava ogni volta.

Lui, ch'era entrato in polizia quando PS stava per Pubblica Sicurezza e quando un buon investigatore era quello che arrestava i colpevoli veri insieme a una montagna di prove da consegnare al magistrato. Solo così il processo andava a gonfie vele e il malcapitato veniva sbattuto a Poggioreale e la chiave la si poteva anche buttare in una *saittella*.

Lui che non aveva mai fatto carriera, forse per quella dannata abitudine a dire le cose come le vedeva. Senza stile, "senza attorcigliamenti" usava dire lui. Anche davanti ai superiori. Anzi, più il grado era alto più il suo parlare diventava crudo. E nel gabinetto i questori potevano cambiare ma sul suo conto pareva che si passassero la parola: Esposito? Una testa calda. *'Nu poverocristo* senza santi in *paravise...*

A lui toccò occuparsi della vedova del sindaco. Già, perché il questore così aveva deciso. Di Branco aveva chiuso in maniera così brillante il caso! E ora bisognava solo prestare un po' di assistenza psicologica alla signora Lucia Antinucci, prof d'italiano al liceo Umberto, uno dei più accorsati della città: lì s'era presa la maturità il fior fiore della borghesia napoletana, presidente della Repubblica compreso.

Erano le cinque del pomeriggio. Esposito la vide apparire da un nugolo di auto parcheggiate vicino a San Pasquale, a due passi dal commissariato, dove il cantiere della metropolitana aveva ristretto carreggiata e spazi, come una grande murata che impediva di guardare il mare. In quel casino di lamiere, non senza difficoltà la vedova parcheggiò la Smart color albicocca sulla quale certo doveva avere avuto l'ultima parola la figlia adolescente.

Prima di lei dall'abitacolo sbucò un tailleur gessato d'ordinanza. I capelli d'un vago biondo vaporoso, la vedova aveva uno sguardo livido che faceva pendant con il cielo cupo. Esposito non sapeva da cosa cominciare e provò a sciogliere quel ghiaccio: «Si prepara un altro acquazzone, signora: condoglianze».

«Commissario, mio marito non faceva porcate: sia nella vita pubblica che nella vita privata. Quel giovanotto... Sì, è vero: faceva per lui la campagna elettorale. Ma nulla di più. Invece il questore è convinto che aveva una relazione con mio marito. E che addirittura lo minacciasse.»

«È la verità da consegnare al Tg1 delle venti, signora!» tagliò corto alla sua maniera Esposito.

La donna scoppiò in lacrime. Il commissario l'accompagnò al Gran Bar Riviera. La fece accomodare. Lei rimaneva in silenzio, mentre lui imprecava contro Di Branco e contro il mondo intero. Un garzone li fissò, indiscreto. Esposito a gesti gli intimò: "*Che bbuo*? *Vattenne*!".

La signora Antinucci riuscì a convincere Esposito a non darsi per vinto e a farsi promettere che avrebbe restituito alla città il vero assassino e l'onorata immagine dell'integerrimo marito.

Chi la ferma una donna che ama?

3.

Una polo fucsia sul torace piccolo, ma proporzionato. Le labbra carnose e i lunghi capelli morbidi come la seta. Andrea Lo Savio aveva la barba un poco incolta che non riusciva a indurirgli i lineamenti del viso e gli occhi di quel verde intenso che tante volte colora il mare pulito di Pisciotta, il paesino del Cilento dal quale era sbarcato nella grande città per fare fortuna.

Avrebbero dovuto saperlo i suoi dove era finito adesso!

Carcere di Poggioreale, il nome del padiglione ancora non l'aveva fissato bene. Ma comunque gli sembrava un posto non proprio impossibile.

Doveva avere diritto a un trattamento di riguardo, pensò quando vide d'essere finito in una cella pulita e con due soli posti letto. 'Evidentemente, il sindaco qui non è molto amato' rifletté.

E se la rise Andrea, ritrovando per un attimo il buon umore, a pensare d'aver percorso più di centocinquanta chilometri, per ritrovarsi lì, in compagnia di un povero diavolo che se ne stava tranquillo, per conto suo, senza rompere: non era meglio se invece di venirsene a studiare Scienze politiche fosse rimasto per sempre a pescare totani laggiù o a fare caffè nel bar di famiglia? Altro che fuori sede e fuori corso: era finito fuori strada!

«Sei accusato di omicidio passionale» gli avevano detto in questura, prima di chiedergli chi fosse il suo avvocato. Lui era rimasto in silenzio. E dopo un po' loro gli avevano portato una specie di registro: «Toh, scegli. Un difensore ti tocca». E quando ancora lui aveva insistito a fare scena muta, il tipo della polizia penitenziaria gli aveva urlato infastidito: «*Va buo*', te ne daranno uno d'ufficio!».

Ma ad Andrea non gliene importava niente. Sapeva che tutto finisce e dunque sarebbe finita anche quella.

«Buona giornata» fu l'unica cosa che si sentì dire dal compagno di cella.

Andrea rispose con un cenno. L'altro incalzò serio e senza sfottere: «T'aveva fatto *'e corna*?». Lui non disse nulla e finì lì. Poi ognuno si fece i fatti suoi.

Stanco, Andrea se ne rimase tutto il giorno sulla branda nel dormiveglia a pensare a sé e all'amore che aveva lasciato al di là delle sbarre. Ma proprio non gli riusciva di guardare nel proprio futuro. Quanto sarebbe durata?

Soltanto a sera – saranno state le otto, le nove, non capiva – sbarcarono in cella inattese due guardie con fare deciso: l'una si prese il compagno di cella e se lo portò via, mentre l'altra con un sorriso ebete fissò Andrea. Poi lo rassicurò: «*Nun te preoccupa'... nun te faccio niente*: non ti violento». Ancora una pausa prima di dire poche parole. Tutte d'un fiato: «Carmine Paradiso tu non lo sai chi è, ma *sta 'ncazzato*. Dice che hai fatto *'na strunzata*... 'O sindaco non si doveva uccidere. Mo' aspettati qualunque cosa. *Tu m'hai capito a me? È 'o vero?*».

Andrea avrebbe potuto discolparsi e dire che lui non c'entrava niente: ma tacque ancora.

4.

Una vecchia T-shirt bianca su un altrettanto andato costume da bagno verde, Esposito addentava una fresella al pomodoro davanti a un bicchiere gelato di falanghina dei Campi Flegrei mentre osservava Bruno Vespa in tv che snocciolava il caso e parlava, parlava, parlava. Poi i collegamenti, le interviste. Il mostro stava già a Poggioreale bello e rinchiuso e la tv continuava a incensare gli investigatori... 'A chi può interessare che tutto finisca così?', si chiedeva Esposito. Quanta fretta, quanta superficialità! Poi tra qualche mese il pm inciamperà di fronte alle prove che mancano, il gip avrà già restituito la libertà al giovanotto e lui, una volta uscito di galera, non potrà neppure mettere il naso fuori dalla porta per anni, forse per sempre, perché per tutti sarà quello che ha ucciso il sindaco. Mentre magari non c'entra niente.

Ma chi poteva volere morto il sindaco di Napoli?

La notte non portò consiglio. Esposito si portò appresso quella domanda il mattino dopo sbarcando a Palazzo San Giacomo, tra la meraviglia di tutti: «È stato 'o ricchione» gli dissero con tonalità e modi differenti...

Già, contro il giovanotto c'erano un bel po' di indizi: aveva libero accesso agli uffici tant'è che spesso non si curava neppure di ritirare il pass dai vigili urbani, più volte era stato visto mentre discuteva con animosità con il sindaco, la sua tendenza era nota e solo questo ne faceva un tipo sospetto come uno straniero, come uno dalla pelle nera. E poi c'era sempre quella pistola a inchiodarlo... Ma erano prove quelle?

«Che peccato, avrebbe vinto sicuramente le elezioni» disse un dipendente al terzo piano.

«Che disdetta!» ribatté un altro, non curandosi che tutt'intorno la gente l'ascoltava. «In questa città appena sta per cambiare qualche cosa...», poi fece un gesto come per mimare un'esplosione. «E tutto si ferma».

Esposito fece ancora un altro piano a piedi, era diretto all'Urbanistica alla ricerca dell'assessore uscente, tale Massimo Olivares. A lui sembrava un'assurdità che finora nessuno avesse pensato di sentirlo. In fondo era l'uomo chiave della giunta passata, così come del progetto "Caravaggio, dal buio alla luce" con cui l'amministrazione puntava alla riconferma.

Ma Olivares non c'era.

«Dove sta?» chiese.

«E che ne *sapimmo*? In campagna elettorale non si capisce più niente. C'è tanta gente che va e che viene. Assessori e consiglieri fanno solo ordinaria amministrazione. Ognuno va *fujenne*: nelle ultime delibere *anna fa' carne 'e puorc*.»

«Lo conoscevate quello...?» azzardò.

«'O ricchione? Stava sempre qua dentro.»

Dell'assessore neppure l'ombra, ma almeno Esposito riuscì a sapere che il giovanotto aveva per mesi lavorato nello staff di Olivares, prima di dedicarsi anima e cuore alla campagna elettorale del sindaco.

Un vecchio sbarcò nell'ufficio tutto sudato, reclamando ad alta voce e con frasi irripetibili che la pratica di condono gli era stata bloccata.

Un tale provava a dare spiegazioni in lingua italiana.

Ma quello in dialetto proseguiva a inveire contro l'amministrazione.

Esposito si avviò verso il commissariato. Ma non fece più di due passi, prima di sentire una voce familiare.

«Commissa', siete tornato?»

«Beniami'!»

Alto e magro come un palo della luce, il viso scavato, lo sguardo bonario d'un cane *mazziato*, i capelli non del tutto bianchi a dispetto delle settanta primavere probabilmente trascorse da un pezzo, il trench bianco sporco sempre buono per tutte le occasioni da Natale a Ferragosto: il vecchio Beniamino Pontillo era di ronda su via Cervantes, tra il municipio e la posta centrale. Sotto il braccio portava da sempre una cartella nella quale conservava fogli, biro e ogni genere di moduli, per i vaglia e per i conti correnti. Quello era il suo lavoro: la mattina s'alzava presto dal dormitorio pubblico di via De Blasiis, al bar all'angolo di piazza Borsa faceva colazione perché c'era sempre chi gliela offriva, poi sbarcava alla posta di piazza Matteotti, saliva su all'emeroteca Tucci a leggersi due, tre quotidiani, poi ancora scriveva qualche lettera ai direttori di giornale, scendeva giù a comprare i francobolli per fare le sue spedizioni e poi si sedeva ai tavoli di marmo a guadagnarsi la giornata aiutando qualche analfabeta a compilare un modulo oppure a scrivere la nota di un vaglia oppure ancora a redigere una lettera.

«Beniami', a lavoro?»

«Eh, commissa': ma pure voi tenete da fare. Quanto tempo siete stato lontano?»

«Troppo assai e troppo poco» disse Esposito sorridente ma *sfasteriato*.

«Vi serve una mano?»

«Sempre, Beniami': *tu mietti a recchia 'nterra*» sibilò il commissario, sganciandogli una banconota da venti euro.

«Quanta grazia, sant'Antonio!» replicò riconoscente il barbone gentiluomo.

«Ho considerato gli arretrati» scappò via Esposito. Camminò veloce verso il commissariato. E al giovane attendente disse: «Cercatemi Olivares». Poi aggiunse: «Qualcuno si faccia un giro dove stava di casa il giovanotto».

Si sentì rispondere con una domanda: «Ma il caso non è chiuso?».

Ed Esposito sbottò: «Prima ci stavano le case chiuse. Mo', è tutto 'nu casino».

5.

Carmine Paradiso, no, Andrea non lo sapeva che era un selfmade-man, sì, uno di quelli che la fortuna aveva baciato in proporzione alle nefandezze compiute.

Aveva cominciato che aveva poco più di vent'anni, quando all'attività saltuaria di muratore cominciò ad affiancare l'esercizio di un piccolo negozio di ferramenta e materiale edile. S'era messo in commercio in un angolo maledetto della strada che dalla zona degli ospedali porta dritto ai Camaldoli, l'altura dove – per capirci – i monaci avevano costruito il loro eremo, la Rai aveva piantato i suoi ripetitori e dove d'inverno la neve copre Napoli manco fosse il Vesuvio.

Angolo maledetto di campagna. Maledetto un corno. Carmine invece ci aveva visto giusto. Perché proprio alle spalle dell'erta, laddove la collina cede il passo da una parte alla piana di Chiaiano e dall'altra verso Marano, negli anni Settanta l'abusivismo edilizio faceva man bassa.

In pochi anni Carmine – che ormai tutti chiamavano Carmeniello 'o muratore – aveva preso in mano il racket delle costruzioni. Il danaro si era accumulato a palate. E non c'era alcun segnale che lasciasse presagire la fine del *basiniss*. Tutt'altro.

Ci si erano messi anche i condoni edilizi. E pure Carmeniello ci metteva del suo. Si guardava intorno. Cercava ancora di più il modo di fare più soldi. E lo trovò. Dunque non solo costruzioni abusive, che poi venivano condonate. Ma anche opere di ricostruzione.

Come si dice? Una mano lava l'altra. Così Carmeniello aveva trovato il varco verso la ricchezza perenne: comprava a quattro soldi case e palazzine decrepite, poi le rivendeva e il guadagno era assicurato. Quando si dice la forza del capitale...

Ma neppure allora Carmeniello si era fermato.

Per mantenere quell'impero c'era bisogno di un esercito di soldati. Di gente pronta a eseguire. Di spie pronte a rivelare dove si avvertiva l'odore dei soldi. E qualche volta c'era bisogno di convincere qualcuno a vendere. Qualche altra c'era bisogno di strappare qualche licenza di cui proprio non si poteva fare a meno.

Presto 'o muratore riuscì a fare il salto. Il segreto era racchiuso in un'espressione di due parole che all'inizio non gli dicevano niente: lui manco sapeva cosa significasse "pubblica amministrazione".

Superfluo aggiungere che il passo fu breve da qui all'incontro con Massimo Olivares, rampante consigliere di circoscrizione, allora alle prime armi. E gli appetiti erano aumentati a dismisura quando Carmeniello finì a Poggioreale per sospette collusioni dietro le quali c'erano pure due omicidi, mentre il giovane politico alle prime armi era diventato nientemeno che assessore all'Urbanistica.

6.

La camicia azzurra dal colletto bianco. Un'orrenda cravatta rossa sotto la giacca a scacchi bianchi e blu. I capelli col riportino che restavano incollati in maniera disordinata alla fronte sudata: si vedeva che i cinquanta li aveva superati da un po'. Olivares lo accolse al primo piano di un monumentale palazzo del Risanamento, nel centralissimo corso Umberto, dove aveva stabilito il suo comitato elettorale.

Con somma meraviglia il commissario Esposito constatò dalle prime battute che l'uomo non fosse né un ingegnere, né un architetto e gliene chiese conto.

«Eh, dotto'. Se qua tutti facessero quello che sanno fare staremmo freschi.»

«E lei che cosa sa fare?»

«Niente.»

«In che senso? Non ha un lavoro?»

«Sono dipendente della Regione in aspettativa.»

«E che ci fa lei all'Urbanistica?»

«Ci so fare, eh? In politica contano i voti. È un assessorato importante... Avete visto in televisione ieri da Bruno Vespa quanto sono stato preciso?»

«Il sindaco si fidava di lei.»

«Poverino. Meno male che l'hanno già preso l'assassino.»

In quattro e quattr'otto Olivares spiegò cos'era il progetto Caravaggio: era stata un'idea sua.

«Un giorno il sindaco mi chiamò e mi disse: "Massimo, questa sta diventando sempre di più una città deprimente. Ci dobbiamo inventare qualche cosa che le dia slancio e nuovo vigore. Palazzi vecchi e fatiscenti. Qua la gente vive male, ha perso la dignità. E i turisti se ne scappano..."»

«E lei?» chiese Esposito, stufo di quella solfa che Olivares aveva avviato, partendo evidentemente da lontano.

«Io gli dissi: "Mettiamo le mani sui fondi strutturali europei. E poi il resto lo facciamo con gli sponsor privati. Basta piccoli progetti! Mettiamo tutti i soldi insieme e ritinteggiamo tutte le facciate ad una ad una."»

«Ad una ad una?»

«Eh, così pensammo ad un maxi-appalto. Una roba in grande. Ci ho messo a lavorare l'ufficio legale. Tutto doveva essere blindato.»

«E lui?»

«Lui diceva che andava bene. Anche se ebbe molto da ridire sul fatto che così come era concepito avrebbe vinto un solo consorzio.»

«E lei?»

«A me stava bene così, avevo già preso accordi.»

«Sta dicendo che tutto era già assegnato?»

«Ma no, commissa', che avete capito? Niente di irregolare. Solo che le aziende più importanti si sarebbero messe insieme.»

«Un cartello?»

«Eh.»

«Ma è legale?»

«Non proprio, ma qua finisce sempre così. Non lo dico io: lo dice la storia di questa città.»

«E il sindaco che diceva?»

«Che qualcosa andava cambiata nel bando, ma in fondo lui era contento. Sarebbe passato alla storia come il sindaco delle facciate. Lo sapete, voi mica siete un forestiero: qua ci sono sindaci che sono diventati famosi per avere abbattuto tutti gli alberi di piazza Municipio in una sola notte, oppure per avere liberato piazza del Plebiscito dalle automobili, oppure ancora per averle tolte dal lungomare.»

«Assessore, lei dov'era quando il sindaco è stato ucciso?»

«Commissa', mi state chiedendo se ho un alibi?»

«Vi sto chiedendo dove eravate.»

«Ero già a Palazzo San Giacomo, come faccio tutte le mattine.»

«Qualcuno può confermarlo?»

«Che sono mattiniero, sì. Perché quelli della segreteria arrivano sempre dopo di me. Come succedeva per il sindaco.

Lui, pover'uomo, scherzava: sono il primo ad aprire bottega e l'ultimo ad andare via.»

«E dunque quella mattina lei era solo in assessorato?»

Olivares s'alzò di scatto e sbottò un "sì" infuriato.

«Non si arrabbi» disse Esposito a denti stretti.

«Non mi arrabbio, ma vedo che viene messa in discussione la mia parola.»

«Assesso', qua ci sta un morto e tutto è in discussione.»

Poi aggiunse: «Avete mai ricevuto minacce?».

«Chi?»

«Il sindaco, la giunta ha mai ricevuto minacce?»

«Solo chiacchiere» rispose Olivares irridente.

A quel punto Esposito pensò che tanto bastava e si congedò. Quando sull'uscio si sentì dire: «Mi dispiace per quel povero ragazzo che ora sta in galera: non me l'aspettavo che arrivasse a tanto».

«Sapeva che aveva in casa una pistola?» ne approfittò Esposito.

«No, di certo: non sono mai stato a casa di quello lì. Come facevo a sapere che aveva una Beretta, modello 951?»

«Ne capisce di armi, vero?»

«L'ho letto sui giornali.»

«Ma lei di pistole ne capisce, vero?»

«Ho il porto d'armi» rispose seccato.

7.

Da par suo, Beniamino fece il suo lavoro e beccò il commissario proprio su corso Umberto, lo strattonò per la giacca come a dargli a intendere che c'erano novità. Il tempo di guardarsi in giro e di notare che il custode dello stabile li fissava: Esposito tirò in disparte il vecchio. Girarono l'angolo e Beniamino furtivo gli sussurrò: «'O ricchione *so faceva* l'assessore».

«Non è un reato» lo tranquillizzò il commissario, «ma tu hai fatto bene a dirmelo.»

E stava già per liquidare il confidente quando lui, sinceramente deluso dalla blanda reazione del poliziotto, disse: «Commissa', quella è brutta gente».

L'ufficio pass fu messo a soqquadro. Esposito fece controllare tutti gli ingressi di quella maledetta mattina. All'ora dell'assassinio non era entrato nessuno del pubblico. Del giovanotto nessuna traccia.

«Certo non ci si può giurare sulla sua assenza da Palazzo San Giacomo, visto che l'ufficio spesso fa acqua e i più scaltri riescono a tenersene alla larga» aveva sentenziato Di Branco. Ma l'elemento per Esposito poteva essere assai importante. Qualcuno si era introdotto con la pistola del giovanotto e aveva colpito, facendo in modo da lasciarla in bella evidenza sul luogo del crimine: una chiara incongruenza se davvero a colpire fosse stato lui.

La testa piena di pensieri, Esposito non si accorse che lo stavano chiamando.

«È lei il dottore Esposito Agamennone?» chiese scocciato l'agente di polizia penitenziaria.

«Sì» trasalì il commissario, che alla guerra di Grecia doveva le due cose più pesanti della sua vita, perché il padre era tornato da lì con due chiodi fissi: il primogenito si sarebbe dovuto chiamare come il più valoroso dei condottieri micenei e avrebbe dovuto "servire la patria".

«Prego, mi segua.»

Ed Esposito si ritrovò in un meandro di Poggioreale insieme al giovanotto seduto dietro un tavolo. Gli tese la mano. Quello rimase seduto e abbassò lo sguardo, senza cenno di saluto.

Esposito lo squadrò da capo a piedi. Indugiò sul viso di Andrea e quei lineamenti delicati: trovò che facevano a cazzotti con quell'atteggiamento da irriducibile che il giovanotto aveva assunto.

Chi l'avrebbe mai preso per uno studente universitario o per un gay? 'Proprio vero che l'abito non fa il monaco', rimuginò il commissario quando si sistemò su una seggiola, urtando contro il tavolo: «Ma che è, un banco? Mi pare di stare a scuola» provò a scherzare.

Andrea restò algido e in silenzio, fissando un punto preciso nella parete. Mentre il commissario pensava che facce come quelle le aveva viste fuori qualche bar di paese: aperte a sorrisi efebici, sfottenti e ineffabili, lanciati apposta per circuire o per essere circuiti tenendo a distanza gli intrusi.

«Tu puoi pure non rispondere» disse Esposito, nell'indifferenza del suo interlocutore. «Facciamo una cosa: parlo io. Okay?» ma dialogava con il muro.

«Qua le domande sono tre» disse, facendo di conto con le dita. «Dove stavi all'ora del delitto? Che diavolo ci faceva quell'arma in casa tua? Olivares che tipo è?»

Silenzio. Da fuori un agente passava, dava un occhio distratto e proseguiva. Mentre Esposito aspettava all'impiedi.

Passarono dieci minuti. Andrea non si scompose. E il commissario d'un tratto gli sbottò contro il muso: «Allora rispondo io, ti va bene?».

Sollevò il pollice e cominciò: «Forse stavi a casa, forse stavi in municipio: di sicuro non hai un alibi perché nessuno ti ha visto quella mattina».

Poi inarcò l'indice e proseguì: «Quella pistola era un ricordo di famiglia. Tuo padre e tutti i parenti ci tenevano moltissimo perché con quell'arma si era ucciso tuo fratello proprio davanti al cimitero del paese tuo. È un monumento al dolore, ecco perché la detieni regolarmente pur senza avere il porto d'armi: ma non capisco perché non l'hai detto subito».

Quindi appaiò il medio alle altre dita e concluse: «Tu gli volevi bene all'assessore: ecco perché non potrai mai dirmi che persona è».

Infine il commissario si diresse verso la porta e mentre l'agente già gli cedeva il passo per farlo uscire sibilò al giovanotto: «Difenditi, *guaglio'*! Perché si può *campa'* senza denari e senza *ammore*, ma senza *'a libertà non se po' sta'*».

8.

I disoccupati invadevano stancamente la piazza, in attesa di essere ricevuti da un assessore. I colleghi della Digos se ne stavano sornioni a controllare ogni movimento.

Esposito tornò a Palazzo San Giacomo. Ma prima si fermò a prendere un caffè al bar Prencipe sotto il municipio.

Non fu una sosta inutile: «Il sindaco ci veniva sempre, qua dentro» disse il vecchio barista dietro gli sbuffi della macchina del caffè. «Anche quella mattina venne... e non era solo».

«Con chi?» incalzò stanco il commissario.

«Dotto', e che ve lo dico a fare. Voi già lo sapete. Ma a chi *vulite fa' passa' 'nu guaio*?»

Esposito bevve lentamente dalla tazza bollente: «E allora?».

«Allora che? Con l'assessore.»

«Olivares?»

«Sissignore. Poi entrò pure uno di quegli *spicciafacenne* che stanno insieme a Olivares. Il nome non lo so. Ma le facce quelle sono.»

«E che dicevano?»

«Parlavano zitti zitti. Ma si vedeva che quello gli stava dando fastidio. Gli rideva in faccia.»

«Olivares che faceva mentre quello cercava di dire qualcosa al sindaco?»

«Lui provava a tenerlo a bada, ma si vedeva che era un tipo brutto per lui.»

«È questo qui» chiese Esposito, mostrandogli la foto di Andrea Lo Savio. Il barista scosse la testa. Poi sorrise e aggiunse: «No, commissa', *nun è isso*: Andrea è *'nu buono guaglione*».

9.

Alle otto del mattino, minuto più minuto meno, il sindaco aveva varcato il portone di Palazzo San Giacomo. Da solo, garantivano i vigili urbani all'ingresso. E l'ufficio pass aveva registrato il primo ingresso solo quaranta minuti dopo...

Anche Olivares era mattiniero e anche lui a quell'ora già era nel suo ufficio. Da solo, diceva lui. Ma con lui ci poteva essere tranquillamente qualcun altro. Qualcuno che non aveva lasciato tracce.

Esposito non risalì lo scalone. E se ne rimase per qualche minuto a riflettere.

Il sindaco era stato trovato da un usciere nemmeno un'ora dopo. La telefonata al 113 era arrivata alle 8.45. Tutto era successo nel giro di tre quarti d'ora.

Pensò ancora. Probabilmente il sindaco s'era messo di traverso di fronte al progetto Caravaggio. La qual cosa non deve essere stata gradita da Olivares che avrà provato anche a convincerlo, ma non ci sarà riuscito: mentre intanto l'assessore aveva già fatto promesse ai suoi "amici" e i suoi "amici", a loro volta, stavano già foraggiando la campagna elettorale. E probabilmente qualcuno già aveva avanzato minacce.

Esposito uscì da Palazzo San Giacomo e d'istinto risalì la stradina laterale dalla quale si accedeva all'ufficio pass. Fuori un vigile parlava nei pressi dell'attigua ricevitoria Lottomatica. Era di spalle. Esposito entrò lesto nel municipio. Non c'era nessuno. E nessuno se ne accorse.

Era accaduta la stessa cosa quella mattina?

Il commissario uscì dall'altro ingresso, quello principale, e stava già per incamminarsi verso la questura quando tornò sui propri passi. Gli era venuta l'idea di compiere una verifica e chiese a un vigile: «Avete visto passare il mio collega? Stava qua con me...». Lui fece di no con la testa e quando Esposito stava già per andarsene, l'agente municipale disse svogliatamente: «Avete controllato all'altro ingresso?». Negò. E il vigile, solenne, prima sbuffò poi si concesse: «L'accompagno dal collega».

Non fu una cattiva cosa, perché gli spiegarono che pur nella precarietà logistica l'ufficio funzionava. Sì, è vero, le macchine dei badge elettronici erano andate subito in tilt. E il registro a mano era una scocciatura: «Commissà, *ma chi adda trasì*?». Però gli aggiunsero un particolare d'un certo interesse.

«Commissà, lo vedete il tornello?»

Lui annuì.

«Bene, guardate quel numero alla base della colonnina... Eh, là. Che ci leggete?»

«C'è un numero: trentacinque.»

«Adesso passate» invitò il vigile.

E il quarzo diventò un trentasei, davanti agli occhi della guardia municipale adesso davvero fiera di rivelare il segreto.

«State dicendo...»

«Dico che confrontando questi numeri con gli ingressi ufficiali dei pass si può ricavare lo scarto di tutti gli ingressi non registrati.»

«E i numeri di quel giorno che hanno ucciso il sindaco?»

«*'E tene* 'o comandante dei vigili urbani.»

Qualcosa cominciava a diventare più chiaro, anche se era difficile capire come quel numero lordo potesse tornare utile. Pensava a queste cose il commissario quando prese la strada di via Medina e intravide Beniamino. Lo chiamò, ma lui affrettò il passo. Esposito allora si mise a correre e gli fu davanti. Beniamino non fece a tempo a nascondere l'occhio nero con un fazzoletto sporco.

«Che t'hanno fatto?»

«Hanno detto che mi dovevo fare i fatti miei.»

«Che disgraziati!»

«Ve l'avevo detto che era brutta gente. Quelli appartengono a Carmeniello Paradiso».

«Ma Carmine non sta a Poggioreale?» fece Esposito.

«Ma gli altri no» rispose Beniamino.

«E mo' come vai al Maurizio Costanzo show?»

«Eh, *nun me ne parlate*... Non ci vado. 'Sta settimana non ci vado. Peccato, perché si sta tanto bene a Roma. Sono tanto cortesi, mi vengono a prendere alla stazione, mi portano in albergo, mi fanno mangiare, poi mi mandano una macchina e vado in trasmissione. *Chillu giurnalista è accussì* bravo. *'Nu monumento* gli dovrebbero fare. Invece no, stanotte me ne torno al dormitorio pubblico.»

10.

Squillò il telefonino. Dal commissariato una voce gli faceva il resoconto: «Il giovanotto è stato visto rientrare a casa alle 8.30 del mattino».

«Sicuro?»

«Un vicino di casa l'ha notato, mentre lui aveva fretta di salire. Tant'è vero che hanno litigato perché l'ascensore era rimasto bloccato al piano. Dice che sembrava sconvolto.»

«*Azz*'!» si lasciò scappare Esposito: allora era tutta una finta quella storia di farsi trovare a letto a mezzogiorno dalla polizia?

«Ma perché Andrea Lo Savio l'avrà fatto? E perché avrà lasciato la pistola vicino al cadavere?» disse l'ispettore dall'altra parte del telefono.

«Si fanno tante cazzate» rispose Esposito.

«Questa può essere la spiegazione alla seconda domanda, ma resta da capire: perché il giovanotto l'avrebbe fatto?»

«Per amore del suo assessore: che poi è una cazzata pure questa.»

«E adesso?»

«Dobbiamo mettere sottosopra l'ufficio di Olivares: 'na *vrenzola* di traccia del giovanotto la possiamo trovare. Ti pare?»

Esposito provò a rielaborare tutto. Per Olivares, che il porto d'armi ce l'aveva, era stato facile rimettere in sesto la vecchia Beretta in casa del giovanotto. Attraverso chissà chi si era procurato i proiettili e il resto lo aveva fatto la notte precedente. Il giovanotto? Se l'era venduto, lui e il suo amore.

Negli uffici di Palazzo San Giacomo, a uno dei computer dell'assessorato la traccia c'era: il giovanotto era entrato nella rete intranet con la sua chiave d'accesso. Era la prova che lui stava a Palazzo quella mattina. Era la prova che il giovanotto taceva perché non voleva dire fesserie alla polizia. Ma mica bastava quello a inchiodarlo: al suo posto qualsiasi persona avrebbe potuto fare lo stesso, utilizzando un'altra password e ottenendo comunque lo stesso obiettivo di connettersi alla rete.

Si tornava al punto di partenza, con un solo passo avanti: il giovanotto era reticente. Ma tanto bastava perché il suo alibi era andato a farsi fottere. E pure lui come Olivares non poteva dimostrare dov'era.

Per questo Esposito accolse come una bella notizia quella che arrivò dal Tribunale del Riesame, che aveva deciso di scarcerare il giovanotto perché lo stub aveva avuto esito negativo: non c'erano tracce di polvere da sparo sui vestiti e sul corpo del giovanotto. Poco male. Adesso bisognava stargli addosso e qualche errore di sicuro lo avrebbero commesso: lui o il suo assessore.

11.

«Lo scarto dice che furono due gli ingressi non autorizzati quel giorno» disse il comandante dei vigili urbani, che si arricciò il folto baffo con l'indice quasi a disegnare una volta. E il movimento fu assai lento, in maniera direttamente proporzionale alla fierezza con la quale ostentava il risultato della propria indagine.

«Solo due?» chiese Esposito a quel punto deluso, visto che la duplice presenza a Palazzo di sindaco e assessore era già un dato acquisito.

Il comandante rigirò il cucchiaino nel caffè e annuì: «È una cosa buona».

«Lei dice?» domandò ancora scettico il commissario.

«Procediamo con ordine... Avevano ucciso il sindaco: quella mattina c'era poco da essere indulgenti. Scattò subito il freno. Quindi tutti quelli autorizzati passarono dall'ingresso principale. Chi non aveva il pass permanente degli assessori, dei dirigenti, dei dipendenti e degli staffisti, insomma: tutti gli ospiti, furono costretti a fare il giro e a entrare per il portone laterale dove gli accessi venivano annotati a mano.»

Un attimo di silenzio. Poi il comandante aggiunse: «Tenga conto che il sindaco, come sempre accade, entra con l'auto dal portone principale...».

«Come l'assessore Olivares?» fece Esposito.

«No, e qua viene il bello» sentenziò sornione il comandante. «Olivares *trase all'ata parte*. Avete capito mo', commissa'?»

12.

Il commissario Esposito era convinto che la soluzione fosse a portata di mano. E poco importava se adesso il giovanotto, quell'Andrea Lo Savio, fosse a piede libero. Il commissario si premurò solo che Andrea si tenesse a disposizione della polizia. Il giovane gli fece avere l'indirizzo di casa dei suoi, nel Cilento, a Pisciotta, e nel modulo che l'agente della penitenziaria a Poggioreale gli fece compilare scrisse che l'avrebbero trovato lì, se non stava a Napoli.

'Meglio se sta libero', diceva tra sé Esposito. E si ripeteva: 'Adesso bisogna soltanto stargli addosso e qualche errore di sicuro lo commetteranno: lui o il suo assessore'.

Non accadde nulla di tutto questo. L'assessore Olivares fu assassinato nello studio di casa sua qualche giorno dopo. Il killer – un pregiudicato per droga appartenente al clan dei Bidoni, che poi pure se la facevano con Carmeniello 'o muratore – fu preso perché, drogato strafatto, aveva provato a sfuggire a un blocco. Addosso gli trovarono duemila euro in banconote da cinquanta e la pistola con la quale aveva fatto fuoco. Confessò tutto e a chi gli chiese del sindaco rispose: «Io non c'entro, stavo dentro. Ma tutti dicono che l'ha sparato 'o ricchione».

Il giorno dopo Esposito consegnò all'anticamera del questore la propria informativa senza scambiare una parola con nessuno.

Ascoltò solo il questore che congedava con un severo cazziatone Brancolo, il vicequestore commissario Giacomo Di Branco, che per la prima volta aveva catturato un killer e se l'era fatto scappare perché non aveva saputo raccogliere le prove capaci di inchiodarlo alle sue responsabilità. Di Branco incassò, ma poi provò a replicare dicendo che lo stub era risultato negativo. Il questore gli fece osservare ancora più incazzato di prima che le tracce di polvere da sparo – come Brancolo ben sapeva – potevano essere facilmente cancellate: «E dunque a maggior ragione, porco demonio, tu avresti dovuto cercare altre prove». Poi gli sventolò davanti al naso l'informativa di Esposito: «Ecco, ora noi cominciamo punto e daccapo. E chissà se ci riusciamo stavolta...».

«Ci riusciamo, signor questore: mi creda» sussurrò Brancolo.

«Ma allora non hai capito proprio niente: tu te ne vai da qua!»

Sorrise tra sé il commissario, mentre con la sua station wagon impolverata e sgangherata infilava la Napoli-Salerno. Ci mise quattro ore per raggiungere sudato fradicio la spiaggia di Pisciotta, colpa del traffico del week-end e del caldo di fine giugno: il giovanotto serviva ai tavoli di un bar-trattoria sistemato alle spalle di un lido balneare e non sembrò sorpreso, ma si vedeva che aveva pianto.

«Questo è il menu.»

«Ah, allora ce l'hai la lingua per parlare!»

«Intanto desidera da bere?»

«Dammi una birra ghiacciata e siediti vicino a me.»

«La birra ve la posso dare. Ma il resto non lo posso fare perché voi siete il cliente e io il cameriere.»

C'era molta gente sulla spiaggia, ma la trattoria non era affollata, mentre più in là c'era calca al bar, nella sala giochi e davanti a un vecchio juke-box che incassava più cazzotti che gettoni.

Il giovanotto servì una Dreher senza versarla nel bicchiere bombato. Il commissario Esposito non se ne curò, portò la bottiglia alle labbra e inghiottì una lunga sorsata prima di iniziare: «Il sindaco si serviva di Olivares. E soprattutto non aveva un gran concetto di lui. Ma gli equilibri della politica sono perversi. Il partito aveva imposto al sindaco di accettare la sua presenza. E lui in fondo non era proprio scontento, perché diceva che Olivares ci sapeva fare con la gente. Aveva i voti e in qualche modo blindava tutte le scelte che il sindaco faceva. Anche quelle che non riguardavano l'assessorato all'Urbanistica». Il giovanotto fece come se nessuno avesse parlato e andò ad accogliere al tavolo un cafone impomatato che s'accompagnava a una giovane e piacente donna dell'Europa dell'Est.

Il giovanotto tornò indietro, Esposito lo intercettò e riprese: «Il sindaco non temeva Olivares e neppure Olivares temeva lui... almeno fino a quando lui non si era messo di traverso sul progetto del maxi-appalto. Olivares se la faceva con brutta gente e a quei furfanti doveva rendere conto: Carmeniello Paradiso, detto 'o muratore. Lo conosci?» s'interruppe. E subito riprese: «Eh, già: poi pare che tu me lo dici a me! Dicevo: bisognava rendere conto a questa bella gente. Ma lui, Olivares, non se ne dava pensiero, fino a quando quelli non hanno cominciato a rompere le scatole, a fiutare che il sindaco era uno che andava per la sua strada e che poteva dire di no subito dopo le elezioni».

Qualcuno chiamò il giovanotto dal bancone. E passarono almeno cinque minuti perché Esposito, alla seconda Dreher e ancora più sudato fradicio, continuasse: «Hanno preso a minacciare Olivares, perché non avevano il coraggio di scomodare il sindaco, anche se qualche testa calda poi l'ha fatto. All'assessore in particolare chiedevano rassicurazioni. Lui però non le poteva dare e ha pensato di spaventare il sindaco. A casa tua deve avere visto la pistola, si è procurato i proiettili. Aveva in animo di far venire al sindaco un coccolone. Il sindaco è rimasto di ferro. Tu non ci hai visto più e pur di mettere in salvo l'assessore da quella brutta gente sei andato lì quella mattina, hai fatto fuoco, poi sei tornato a casa, ti sei liberato dei vestiti e tutto quanto».

Al giovanotto cadde un vassoio di scodelle e posate sporche, poi si calò per rimediare al danno e non smetteva di fissarlo. A quel punto il commissario si alzò, portò l'indice sul dorso del proprio naso e raccomandò: «*Nun parla'. Fai bbuono.* Perché tu a quello lì veramente gli hai voluto bene. E lui non se l'è fatto passare nemmeno per l'anticamera del cervello. Tu ti eri ficcato nei guai per dargli protezione e lui intanto se ne andava in tv da Bruno Vespa a fare la parte del politico che combatte il malaffare... Non t'è venuto a cercare. *Nun t'ha pensato proprio...* Ma io sai che ti dico? Goditi la libertà... *'A gente che ne sape?* Adesso nessuno può fare niente contro di te, di prove non ce ne sono. Aprono un processo indiziario. E che ti fanno?». Poi si avviò verso l'auto, fece per aprire lo sportello della station wagon e urlò: «*Scurdammoce 'o passato!*». Quando fu solo nell'abitacolo scoppiò in una grassa risata: «*D'ammore si accire e se more*: io penso che il genere umano dovrebbe proprio abolire dal vocabolario la parola amore». Avviò l'auto e se ne andò.

13.

La sera piovve ancora su Palazzo San Giacomo e su tutta la città addormentata. Nel gabbiotto della guardia municipale i due agenti s'erano messi finalmente d'accordo. E adesso rileggevano compiaciuti tutti i dettagli della *bolletta* in attesa delle estrazioni del Lotto. Alla fine della lunga discussione avevano deciso: i quattro numeri da giocare erano 18 (il sangue), 41 (il sindaco), 47 (il morto) e 77 (la polizia). Niente ambi e terni: dieci euro solo sulla quaterna per la ruota di Napoli. Uno dei due proruppe: «Sai che significa centoventimila volte la posta?». E l'altro sorrise: «*Accussì ce ne fujmme a 'cca bbascio*».

Ho visto Cola Pesce

Largo Sermoneta

Questa scorza che l'acqua non spugna che cos'è?

Raffaele Viviani

Autostrada Salerno-Reggio Calabria, direzione nord. Sono alla guida della mia affidabile Alfa 146. La pioggia sottile e insistente bagna il parabrezza che viene spazzato a ritmi regolari dal tergicristalli, mentre gli stop perennemente accesi delle automobili incolonnate davanti mi lasciano presagire che in questo traffico resterò ancora per molto.

La radio mi tiene compagnia, con un'alternanza di musica e notizie che a un certo punto mi spiegano qual è il motivo di tanto immobilismo: «A causa di una frana caduta a Salerno, in località Colonia, si è resa necessaria la chiusura al traffico della Statale 88 dei Due Principati, notevoli disagi vengono segnalati alla circolazione sulle arterie del capoluogo».

Poi, si parla di me: «Sette chilometri di coda vengono segnalati sulla corsia nord della Salerno-Reggio Calabria, nel tratto che collega Pontecagnano a Salerno. Altrettanti sul raccordo autostradale Avellino-Salerno, nel tratto che collega Fisciano al capoluogo. Disagi anche per quanto concerne la circolazione sulla tangenziale di Salerno in direzione nord e anche sull'allacciamento tra la A3 e l'autostrada Napoli-Salerno in direzione nord». Quindi, la precisazione: «A causare la chiusura della Statale 88, che ha provocato gravi disagi al traffico nel Salernitano, oltre alla frana, è stata anche l'esondazione del fiume Irno. Le acque del fiume, una volta ritiratesi nell'alveo, hanno lasciato sulla sede stradale una quantità di detriti che devono essere ora rimossi».

Sono di ritorno da un breve ma rilassante soggiorno ad Agropoli, dove ho dato una mano a mia madre. Nel giardino della nostra villetta c'era un pino da abbattere, perché era cresciuto troppo. Abbiamo aspettato insieme per tre giorni interi che gli operai venissero a compiere il loro lavoro.

Un po' di tristezza, ripensando ai trent'anni e passa di quel pino che ora non svetta più contro il traliccio dell'alta tensione. E la tristezza resta anche se al posto di quell'albero ne pianteremo un altro. Forse ha ragione Erri De Luca quando scrive che un albero ascolta comete e sciami. Sente le tempeste del sole e le cicale addosso con la stessa premura: alleanza tra il vicino e il perfetto lontano.

Sono riposato e soprattutto sereno come ogni volta che torno da lì, perché quella dimora in collina mi dà tanta pace: mio padre ci trascorse i giorni dell'ultima estate, aspettando ogni volta che noi si risalisse dal mare con una vecchia Fiat 600 bianca guidata da mamma. E lui ci salutava da lontano, accendendo e spegnendo il neon che campeggiava in cima alla villetta. Proprio di questi tempi che precedono l'autunno. Poco prima che l'uomo volasse sulla luna.

Tutto questo per dire che il contrattempo sull'autostrada non mi pesa più di tanto e mi restituisce ancora per un po' ai ricordi dell'infanzia. Avverto col cellulare mia moglie che ci metterò un po' più del previsto per rincasare. E rifletto su quello che la radio ha detto del fiume Irno, mentre al di là dei finestrini sono in tanti a spazientirsi, a uscire dall'abitacolo, per poi tornare a rintanarsi al volante: qualcuno bussa il clacson.

Rifletto e faccio mente locale: probabilmente, se non venissi da tre giorni così tranquilli anch'io perderei la calma. Sette chilometri di coda a causa di uno stupido fiume che straripa, manco fossimo stati sotto il diluvio. Cattivi pensieri analoghi a quando – e Dio solo sa quante volte è accaduto – dopo una corsa in taxi da via Chiatamone al terminale di piazza Guglielmo Pepe, d'estate prendo al volo il trenino della Vesuviana fino a Sorrento, acciuffo l'autobus per raggiungere la famiglia a Positano e le fiamme di un incendio o i massi di una frana mi fermano puntualmente a Colli San Pietro, costringendomi a tornare indietro.

D'altro canto, tornando a quello che diceva la radio: non mi risulta che esista un fiume con quel nome, non so cosa di preciso significhi esondazione e ritengo, genericamente, che mi sembra un'assurdità trovarsi nel terzo millennio bloccato nel traffico da una piccola frana. Frana, già, che parola strana, quasi desueta, come fosse una cosa che appartiene ormai al tempo passato o che comunque possa interessare, devastare, ammazzare sempre gli altri e non invece anche noi.

Fuori ha smesso di piovere, ma si procede sempre a rilento. Torno al mio ultimo pensiero e provo a ribaltare l'osservazione: forse è un'assurdità proprio il contrario e cioè pensare che nel terzo millennio e con i progressi compiuti dalla tecnologia un banale fiume non debba intralciare stamattina il cammino mio e quello di tanti altri poveri automobilisti come me. E dall'alto delle nostre astronavi... cioè delle nostre auto non ci rendiamo conto che quest'autostrada affonda i piloni nella comune, mortale terra.

Per carità, non ne faccio una questione di nozioni geografiche mai imparate, di conoscenze sulla geologia del territorio praticamente assenti o intorno alla sapiente ingegneria del nostro tempo. Però ne faccio una questione, diciamo, di contatto con gli elementi che ci circondano. Mi riferisco a un contatto che forse in molti abbiamo perduto. A causa della presunzione? Dell'ignoranza? Non saprei dire. Certo è che poi finiamo col comportarci come se l'ambiente, la natura non avesse più cose da dirci, al di là dei piccoli parchi che, dopo tanti anni di intensiva urbanizzazione, da poco abbiamo ripreso a ritagliare per noi e i nostri bambini.

Contatto, percezione, appartenenza. Ritornano i versi cantati da Franco Battiato: "E dormo spesso dentro un sacco a pelo perché non voglio perdere i contatti con la terra".

Beato traffico, quante cose che si pensano quando non si deve badare alle marce, alla frizione e al freno.

Di contrasto, ripenso alla leggenda di Cola Pesce, il ragazzetto della nostra tradizione che amava nuotare e restarsene a lungo nelle acque del mare, fino a suscitare la maledizione della madre – «Che tu possa diventare un pesce!» – e fino a conoscere i più reconditi segreti dell'ambiente marino: dalle distese dei coralli ai tesori delle antiche navi, alla conoscenza di tutte le grotte e le specie di pesci del Mediterraneo.

Prima della conoscenza, il piacere e la seduzione del contatto con gli elementi. Come l'Arturo di Elsa Morante che non avrebbe mai chiesto d'essere un gabbiano, né un delfino; piuttosto uno scorfano, ch'è il pesce più brutto del mare, pur di ritrovarsi laggiù, a scherzare in quell'acqua.

Tornano alla mente le parole del Cola Pesce di Raffaele Viviani:

> 'Sta scorza ca ll'acqua nun spogna ch'è? Pelle squamata? Si figlio a nu pesce? 'Sta forza ca' o freddo nun arroga chi mago t'ha data? 'Stu sciato 'a dó t'esce?

Alla stessa maniera, mi chiedo: dov'è ora quella scorza e quella forza che pure i nostri antenati ebbero? Il progresso e la tecnologia ci hanno via via allontanati dal nostro ambiente e reso pigri. Abbiamo così dimenticato i segreti delle terre, delle acque. E non deve essere un bene, visto che questo è l'unico pianeta che conosciamo.

A meno che qualcuno non ne conosca un altro.

Ora me ne rendo conto: mi ritrovo a largo Sermoneta, sebbene casa mia sia dall'altra parte. Scendo dall'auto, supero la barriera di vetture parcheggiate in riva al mare per loschi traffici o incontri clandestini, e guadagno la spiaggia.

Il mare è lì, a riempirmi di colori gli occhi e di iodio i polmoni. Allungo lo sguardo e mi pare di scorgerlo Cola Pesce, che nuota e nuota, come quella zingarella che non riesco a scordare: un pomeriggio d'estate ad Agropoli da bambino, noi in acqua a cercare refrigerio, lei che chiedeva a mia madre qualche lira, poi il rifiuto secco e lei che – senza insistere – riprese a nuotare, come se nella vita avesse qualcosa di più importante da fare che raccogliere elemosine.

Adesso l'acqua è fredda, il divieto di balneazione è grosso quanto una casa: che ci faccio in mutande sopra uno scoglio?

Caffè Borghetti

Stadio San Paolo

Maradona è meglio 'e Pelé

Domenica mattina. C'è aria di festa per le vie che conducono alla cattedrale: a quest'ora il San Paolo è già un molosso ridondante di frastuoni. Alla sua prima volta a dieci anni compiuti, Toto apre bene gli occhi e le orecchie: non vuole perdersi nulla dello spettacolo. Da giorni porta il calcolo del count-down.

Da quaggiù, da qua fuori si intravedono gli spalti pieni di gente e di colori. Dagli altoparlanti si sente musica rock a buon mercato, mentre lo stadio sciaborda fischi assordanti contro i calciatori della squadra ospite che avranno appena messo piede sul rettangolo di gioco. Riti barbari che ci introducono nei misteri d'una partita di calcio, come forse accadeva per i greci a teatro e per i romani al circo.

L'aria interrogativa, Toto mi stringe forte la mano e io – come una lunga didascalia che scorre sotto le immagini – provo a dargli conto di tutto quello che sente e che vede. Lui m'ascolta , affretta il passo, qualche volta si attarda, poi saltella e riprende a starmi vicino. Sorride dietro l'azzurro della sciarpa e del cappellino. È contento.

Fendiamo la folla, scansiamo auto e parcheggiatori abusivi. Un ambulante ci si fa incontro e grida: «Caffè Borghetti a un euro!». Per un po' fisso lui e la sua nutrita sporta. Quanti ne ho bevuti nelle sere di quei mercoledì di coppa! Col Paok di Salonicco, Lokomotive Lipsia, Bordeaux, Juventus, Bayern, Stoccarda. Ma era di sera, spesso faceva freddo e poi mica stavo con mio figlio.

Ci trovavo dentro un po' dell'aroma di caffè, un po' della robustezza del liquore... L'ideale per poi schiattarci sopra una Marlboro rossa, morbida. In attesa che Maradona mostrasse quello di cui sono capaci gli dei discesi in terra.

L'ambulante mi guarda perplesso. Sta un po'. «Dotto', un euro» mi rammenta, come una cantilena. Quasi come per dire: "Che ti costa? Fallo 'sto investimento". E già sta per perdere la pazienza quando lo blocco e mi accaparro la mia dose.

Toto cerca di capire. Io gli strizzo un occhiolino. Del Caffè Borghetti gli ho già parlato. Gli resta una sola perplessità e me la spiattella contro: «Ma non avevi detto che lo prendevi per scaldarti?».

«Certo» gli ribatto.

«Papà, ma è mezzogiorno!»

«E che fa? È dicembre, fa freddo, 'mo viene pure a piovere.»

«Questo non lo diciamo a mamma?»

«E perché?»

«Lo so che non vuoi.»

«Mica è droga.»

In mezzo a tanto fragore Toto stringe più forte il palmo della mano. Io bevo e mi chiedo quanto cazzo di tempo è passato.

Toto fiero avanza tra steward e controlli, come se tenesse per mano Maradona in persona e volesse dire a ognuno: "Lui l'ha visto quello che era meglio di Pelé, adesso fatemi passare: ora tocca a me, perché Cavani è meglio di Messi".

In verità non so se Toto pensi davvero a tutto questo. Però per un attimo lo penso io di lui. Colpa del Caffè Borghetti? Mi accendo una sigaretta e quell'aroma di caffè e alcol mi sale dentro. Penso che questo bluff dovrà pur finire. Toto mi chiede sempre di quegli anni e io ogni volta mi fermo a raccontare ogni dettaglio, dilatando i tempi e magnificando gesta di ordinarie vittorie, e quante volte arrivo a ingigantire effetti e sensazioni.

È vero, erano gli anni degli scudetti. Ma in fondo sono stati soltanto due, mica venti.

Una Coppa Uefa, mica cinque Champions...

Saliamo le scalette e ora ci siamo davvero sugli spalti. E restiamo avvolti da un roboante e immenso "tagadà".

«Papà, è come la Psp!»

Elargisco un cenno di assenso, ma penso ch'è molto peggio: alla Psp si può abbassare il volume.

Intanto sorseggio un altro caffè al liquore: qui dentro di Caffè Borghetti non ne vendono, ma trovo comunque un succedaneo nel Kaffé Sport, una roba al sambuco che la società ha bollato con l'antico stilema di Napoleone che da sempre è lo stesso degli azzurri. E mi tornano in mente tante di quelle scene già vissute, quassù. Di quando io ero un ragazzo, di quando si restava in piedi per tutto il tempo, e in campo c'erano tante di quelle mezze tacche che manco ne portavi il conto. Tanti di quei pacchi acquistati al mercato in cambio di milioni di lire.

Partite scialbe, squadra da mezza e bassa classifica, la palla che non voleva entrare...

Ricordo ora nitidamente un Napoli-Cagliari. Noi giocavamo con i fantasmi della retrocessione. Avevamo chiuso il girone d'andata con la miseria di nove punti: roba da finire diritti in B. Poi era venuto lui, il buon vecchio Petisso, uno che lo scudetto l'aveva vinto e dunque sarebbe stato l'uomo della Provvidenza. Si era sistemato in panchina Pesaola. Durante la settimana non s'è mai capito che cosa dicesse ai giocatori, ma quando arrivava la domenica le cose erano cambiate: saracinesca abbassata davanti alla porta e nessuno passava. Fondamentale: guai se gli avversari segnavano un gol, non eravamo più capaci di recuperare, perché le partite potevano finire solo 0 a 0, oppure 1 a 0, con un misero golletto su rigore. Batteva Ferrario, un difensore. Uno che non era abituato a fare gol. Ma che comunque calciava a rete meglio di qualsiasi altro.

Anche quella domenica finì così. Io ero in curva A. Dopo tanti anni m'han detto che quel giorno, quando Ferrario partì con la rincorsa, Pesaola strinse tra le dita la corona di un rosario.

Fischio d'inizio, Cavani corre sull'erba come un indio a caccia della preda. E io vorrei dire a Toto che non sono solo quello degli scudetti. Vorrei dirgli anzi che la maggior parte dei miei anni è andata via in un altro modo, a combattere nella mediocrità del centro classifica e nei bassifondi della zona retrocessione. E che gli anni sono passati.

Torniamo a casa. Nella giacca Claudia trova cinque flaconi di Borghetti e Kaffè Sport. Toto guarda la scena perplesso. Lei mi chiede: «Mica gli avrai dato da bere questa roba?».

L'ultimo casco giallo

Coroglio

Whatever will be, will be

Ray Evans

«Abbiamo respirato per quarant'anni cemento e ferro e oggi che l'Italsider non c'è più e si potrebbe stare un poco meglio ci dicono che dobbiamo andare via». Carmela, un donnone dal grembiule a scacchi bianchi e rosa, c'è nata sulla spiaggia di Coroglio. Lì, a Villa Schioppa, piccolo ma lungo cortile sul quale affacciano decine di basse case: ci abita la povera gente, decine di nuclei, i capifamiglia sterminati dalla crisi, disoccupati e pensionati che si improvvisano uomini di mare e oltre Nisida vanno a pescare polipi e triglie, da vendere a Pozzuoli e Cavalleggeri d'Aosta.

Eccola Villa Schioppa, finestra sul Mediterraneo immortalata sul set di Pappi Corsicato: presto o tardi per Bagnoli ci sarà il nuovo look e la gente di qui capisce l'aria che tira. Occhi puntati, dunque, alla Sala dei Baroni e alle decisioni del Consiglio comunale: ma chi spera ancora di rimanere? A nulla vale ricordare anni e anni di permanenza lì, di fronte al sole che si alza sopra Nisida e all'arenile dove riposano pancia all'aria vecchi gozzi. Restare non è più il sogno di quelle 240 famiglie, cui l'assessore all'Urbanistica – dice Carmela – avrebbe promesso una casa: «I nostri uomini prima sono rimasti senza lavoro, adesso toglietegli pure il mare e trapiantateli in un altro posto: così ce li ucciderete».

Allora ben venga il porto turistico, il centro congressi e tutto il resto: ma di questa gente che sarà?

«Bagnoli risorge? Bene, se ci saranno una casa e un lavoro», sporgendosi dalla finestra che dà su via Nuova Bagnoli, parla Ferdinando, cinquantacinque anni, sposato con quattro figli, disoccupato Pirelli. Occupa abusivamente una delle tante palazzine che nella nuova Bagnoli non troveranno posto. Bagnolese dagli anni Sessanta, sventaglia sotto il naso i moduli per il bando degli alloggi comunali.

Attesa scettica anche più in là, al civico 642: in un edificio considerato inabitabile dall'82 vivono ancora quattro famiglie, tra cui quella di Adele, quarantacinque anni, casalinga, abita qui dalla nascita, il padre Raffaele lavorava all'Italsider: più bagnolese di così! Degrado e abbandono oggi, paradiso promesso domani: «Ma se questo significa che noi dobbiamo sparire di qui, no, nessuna soluzione ci può piacere». Ben venga dunque il centro turistico, ma non senza di noi.

Renato ha i capelli bianchi. Pensionato, lavorava alla Gecom di Pozzuoli. Adesso aggiusta per hobby biciclette in un bugigattolo nel centro di Bagnoli. «Via di qui?» non si scompone. Il volto nuovo di Bagnoli? Non ne sa nulla. Mentre un giovane cliente, Antonino, impreca contro la speculazione: affitti alle stelle anche per una monocamera, fino a settecentomila lire al mese. Accanto Eduardo annuisce: inquilino in via Amedeo Maiuri, pagava trecentomila, adesso in scadenza di contratto il proprietario gliene chiede settecentomila. È la stessa storia che conferma Gilberto, presidente della sezione flegrea di Legambiente, che sulla spiaggia di via Pozzuoli prova a rimettere a nuovo un gozzo: a piazza Bagnoli i prezzi sono raddoppiati.

Pochi metri e riconosco Giovanni, non posso sbagliare, sotto gli occhiali quel sorriso sornione con cui è stato protagonista di tante battaglie con Marevivo. Lui è l'ultimo casco giallo. Entrò in fabbrica quando i destini dell'Ilva già si decidevano a mille miglia da qui, nel cuore dell'Europa che conta. L'ingegnere oggi si occupa dell'archivio storico di Bagnolifutura.

Di lui ricordo un cortometraggio: praticamente interpretava se stesso. Giovanni è un ex dipendente dell'Italsider di Bagnoli. Mentre tutti lavorano allo smantellamento delle strutture, lui va controcorrente: raccoglie e porta a casa sua pezzi di archeologia industriale che altrimenti andrebbero persi o distrutti. La pellicola si intitolava *L'ultimo rimasto in piedi*.

Ci salutiamo con un cenno, poi riprendo la strada della Sala dei Baroni, dove i consiglieri comunali a quest'ora si staranno ancora azzuffando.

Borg vs. Connors

Positano, cimitero Li Parlati

Ma adesso che viene la sera ed il buio
mi toglie il dolore dagli occhi

Fabrizio De André

Sputò ancora sul marmo fatale. Si chinò a raccogliere due pugni di ghiaia e li scaraventò – incrociando il fuoco – addosso alla foto che occhieggiava sopra l'epigrafe: "Di Maria Rosario, magistrato, 1959-2020".

L'impettito signore in completo grigio su carta Kodak rimase serafico, mentre a lui la camicia gli usciva dai pantaloni, gli umori colavano copiosi e qualcosa di simile a una reazione allergica pareva soffocargli la vista e il respiro.

«*N'ata vota*!» esclamò il custode del cimitero, stanco della macabra tarantella. Erano solo le tre del pomeriggio di un 11 novembre. Mancava ancora un'ora alla chiusura. I carabinieri non s'erano fatti vedere. I vigili avevano detto che non c'era "danneggiamento" e bisognava portare pazienza. E a lui toccava fronteggiare l'esile energumeno ch'era già comparso sudato alla fine della scalinata della Grada Nova: aveva parlato e aveva danzato tra le tombe. Ora, per quanto strana poteva essere la pattuglia di artisti e rifugiati che s'era fatta seppellire sulla rupe dimenticata da Dio, tra gli aranci di fronte al mare, e per quanto strana fosse la gente che si arrampicava lassù tra cespugli di agavi, buganvillee e ginestre per portare almeno un fiore, una scena così lui non l'aveva mai vista.

Tornò a offrirgli dell'acqua e quello afferrò l'intera bottiglia per lasciarsela scorrere sulla nuca e fin dentro la canottiera.

Poi l'uomo ricominciò: «Rosa', so' Tito, tuo fratello. Già, e che ti vuoi ricordare? Non te n'è mai importato niente. Te ne andasti come un ladro: solo la sera prima ti facesti uscire che non ce la facevi più, che dovevi studiare, che dovevi diventare qualcuno, che con papà e le sue fissazioni non potevi più convivere. Ma se nostra madre fosse stata viva, l'avresti fatto?».

Scopa e paletta, il custode tornò a mettere ordine tra le lapidi e l'uomo continuò: «Mi ricordo di quei due bambini quelle sere d'estate, distesi spalle a terra sulla terrazza, a parlare, a ridere, a sfottere. Io volevo fare l'ingegnere, tu l'astronauta: io non ho costruito case e tu non hai volato». Poi si mise a cantare:

Mio fratello è figlio unico... Ti amo Mariù!

Il custode fece ancora finta di niente.

«Ti eri messo in testa di fare il magistrato. Avresti dispensato condanne e assoluzioni dall'alto della tua onniscienza. Ti ricordi quando mi sgamasti con la storia della piscina? Papà si era intestardito a farmi frequentare quei corsi... Che casino! I bambini che strepitavano, sei di loro in ogni corsia: io avevo sedici anni e proprio non mi ci raccapezzavo. Allora decisi di non andarci più: bastava bagnare l'accappatoio prima di ritirarsi a casa. A te l'inganno non sfuggì e facesti la spia ipotizzando, micragnoso com'eri, che puntavo ai soldi. Non mi rimase altro da fare che sventagliarvi davanti quelle trentamila lire. Non l'avevo fatto per mangiarmele, ma perché laggiù non ci volevo andare.»

Il cancello cigolò e qualcuno venne avanti. L'uomo, seduto sui talloni ai piedi del marmo, non se ne avvide: «Un piccolo tribunale in fondo a quel culo di mondo, caldo d'estate e freddo d'inverno. Dicesti che ti andava bene. Sposasti la tua Rosy, guai a chi te le la toccava! Non sapemmo più niente di te. Dicesti che il tuo cuore non avrebbe mai resistito allo stress della città. Che ti dovevi riguardare. Che era meglio non fare figli».

Beffardo l'uomo si riavvicinò alla foto: «Il massimo dello stress che ti concedevi erano quelle interminabili partite di tennis in tv, dal fondo della poltrona. A te piaceva Borg, con quei colpi che da fondo campo si ripetevano fino alla noia, quasi avesse paura di salire a rete, nell'attesa che prima o poi l'avversario cedesse. A me piaceva Connors, perché era uno che ci provava sempre, anche se l'assalto appariva improbabile. Era uno che voleva vincere e si vedeva: io non mi sono mai accorto che Borg voleva vincere. Poco mancò che ci prendessimo a botte quel giorno: Rolland Garros, Connors sempre in rimonta. Solo fortuna, dicevi. Ti fece quasi schifo quando riacciuffò il match con un colpo che rimase sospeso sul net prima di cadere dalla parte di Borg, mentre l'americano mimava la danza della pallina con il movimento del bacino. "Quant'è volgare!" dicesti. A me invece faceva impazzire».

Il custode accompagnò il carabiniere, perché verificasse di persona: «Rosa'! Hai mai pisciato sotto la doccia?». L'uomo riprese: «Non hai fatto più sapere niente di te: manco quando sei morto. Se non era per la segretaria del tribunale... Le avevi dato istruzioni di negarti quando ti chiamavo. A proposito, lo vuoi sapere? Quella era innamorata di te. Me l'ha confessato tra le lacrime, a letto, quando me la sono fatta». Esplose in una risata. Poi accennò:

E Berta filava, e filava la lana...

«Doveva essere una grande gnocca. E tu che hai fatto?» Il carabiniere fu risoluto: «Signore, si è fatto tardi».

Lui scandì le parole: «Rosa', tengo una neoplasia polmonare. Il dottore ha avuto tatto, ma è stato inesorabile: non mi rimane molto». Poi urlò: «Mi hai fatto sempre schifo!».

Il carabiniere provò a calmarlo: «Signore, non se ne dia pensiero. Presto potrà dirgli tutto da vicino».

«In queste cose io non ci credo.»

«Allora perché sta qua?»

Poi il custode afferrò il carabiniere e bisbigliò: «Brigadie', *jammucenne*. Chiudo. Ce ne scendiamo a bere 'na cosa da Pupetto».

Così i due s'incamminarono e l'uomo azzardò un falsetto di sei ottavi, credo, in la maggiore:

Chi mi dirà buonanotte, stanotte, mio Dio?

Indice